サハリン、ウクライナ、そして帰郷

ソ連残留日本人の軌跡

降籏英捷 著

EURASIA LIBRARY

ユーラシア文庫
21

まえがき

山口裕之（信濃毎日新聞文化部デスク）

本書は、二度の戦争で想像もしなかった人生を歩んだ一人の男性が、長野県の地方紙、信濃毎日新聞に連載した内容をまとめたものです。

降旗英捷《ふりはたひでかつ》さん。1943年に、長野県出身の両親の次男として生まれました。今は北海道旭川市に住む降旗さんは、細身で柔和な笑顔が印象的な人ですが、口をついて出る言葉はロシア語です。食事も、刺し身よりは肉料理が好きですし、得意な手料理の一つは、ウクライナ料理のボルシチです。

父の仕事の関係で、第二次世界大戦終戦を南樺太（現サハリン）の小村で迎えた降旗さん一家（戦後生まれも含めて子どもは二男七女）の運命は、南樺太にソ連軍が侵攻したことで大きく変わります。日本へ帰国できなくなり、ソ連でその後の人生を送らざるを得なくなったのです。

極寒のサハリンで過ごした幼少期、貧困からソ連軍の兵舎から食料をかすめ取ることもあったと言いますが、就職、進学とどこにいっても日本人は一人きりという環境で人生を切り開いていきます。ウクライナ出身の女性と結婚後は、知恵を絞って住居を手に入れ、大学で学んだ知識を生かし、自給自足のための別荘を自力で建てました。

敗戦後に降籏さん一家のこうむった困難は、戦争のせいだと言ってしまえば簡単です。しかし、故郷に帰れず生活基盤も失うという理不尽な運命に翻弄された庶民に対して、日本の国も私たちの社会も、あまりにも長い間、無関心だったのではないでしょうか。そんな中、理想と現実の乖離が大きいソ連社会で、こつこつと真面目に働き、時に大胆な手段で問題を乗り越えて家族とともに社会を生き抜いた降籏さんの力強さ、たくましさには感動を覚え、救われる思いさえします。

２０２２年、ウクライナに住んでいた降籏さんは、ロシアが侵攻してきたことで、住み慣れた国を離れて日本行きを余儀なくされます。80年近く使い慣れてきたロシア語がほとんど通じない「ふるさと」で、ゼロから暮らし始めた降籏さんを、ウクライナからの帰国から継続して、NPO法人・日本サハリン協会のメンバーや兄妹《きょうだい》たちが見守っています。

2023年春、信濃毎日新聞文化部くらし面担当デスクの私は、降籏さんに、ご自身の類いまれな人生を振り返る回顧録を連載してほしいと依頼しました。ロシアのウクライナ侵攻で、両国への関心が高まっていました。降籏さんは人生の多くをソ連・ウクライナで過ごし、その社会や文化を身をもって体験された方です。私自身が知りたいのはもちろん、ご両親が安曇野《あずみの》出身ということもあり、長野県の読者にぜひ読んでもらいたいと考えました。幸いにも快諾いただき、相談の結果、タイトルを「ふるさとへの長い旅」としました。「ふるさと」はもちろん日本です。

ロシア語で降籏さんが執筆し、追加質問を重ねて日本語の記事として形を整え、再度ロシア語訳して降籏さんに確認してもらう――という作業を繰り返しました。降籏さんの日常生活を支える支援通訳の桃子さんからは、翻訳のための的確な助言を幾度も頂きました。また、連載の実現に向けお力添えいただいた斎藤弘美・日本サハリン協会会長にも、この場を借りて感謝いたします。

連載は同年9月から2024年6月まで計24回にわたりました。市井の人が淡々と半生を振り返る内容ですので、反響が続々寄せられる、ということにはなりませんでしたが、「今まで読んだことがないような連載だ」「途中から読み始めた。これまでの掲載日を教えてほしい」といった声も寄せられ、読者の関心に応えた連載だったと思います。

降籏さんは今も、孫やひ孫の暮らすウクライナの状況を案じつつ、遠い日本で一人暮らしています。本書には、連載終了後、両親の故郷へ「里帰り」した際の文章も収めました。終戦当時、樺太地域にいた日本人は約38万人。終戦後に無事引き揚げた人がいた一方、生活手段を失って現地で結婚するなどやむを得ない事情で約千数百人が残ったと推定されています。帰国できないまま亡くなったり、帰国に長い時間がかかったりした人もたくさんいます。その一人である降籏さんの人生に思いをはせてみていただければ幸いです。

目次

まえがき（山口裕之）　2

1　孫に頼まれ家族と避難　まさかの侵攻、兄妹待つ日本へ　10
2　日本への永住帰国決める　やはりここが両親と私の故郷　13
3　母の出産・兄の大けが　サハリンからの引き揚げかなわず　16
4　強制移住で北の町ポロナイスクへ　迎える人・泊まる宿なく　20
5　生活のためにソ連国民に　厳しい冬の思い出　23
6　スパイと疑われたか？　かなわなかった両親の帰国　27
7　強制移住の地で学校卒業　いったん就職、思い直し進学決意　31

8　レニングラード工科大学へ進学　勉強と仕事に追われる日々　34
9　めまぐるしい学生生活　将来の妻との出会い　38
10　大学卒業、再びサハリンへ　考えた末にソ連共産党入党　42
11　安心して暮らせる地を求めて　ウクライナを転々、党から除名　46
12　工業都市ジトーミルで新居を手に　幸せな生活に向けて　50
13　ジトーミルの職場　酔っぱらいとの闘い　54
14　三度の軍事訓練　最後は大尉に任命　58
15　荒れた土地耕し、農作業に精出す　自分で建てた「別荘」で　62
16　ソ連崩壊、混乱した経済　「消えた」預金、給料は現物支給　66
17　ウクライナ独立後の暮らし　富は一部に、人々は苦しく　70
18　汚職広がり、物価は上昇　ソ連へのノスタルジーにはくみせず　74

19 ソ連型医療への幻想 「無料」でも、お金はかかる 78
20 ウクライナの医療 はびこる賄賂、知識ない医師多く 82
21 ソ連時代の選挙や新聞 見せかけの真実、実際は党に奉仕 86
22 独立後のウクライナ大統領 異なる信念、続く不安定な政治 90
23 終わらぬ戦争と汚職 第二のふるさとの未来、幸せ祈る 94
24 日本で暮らしはじめて 戦争が終わったら…… 98
25 両親の故郷、安曇野へ 101
おわりに 107
関連地図 109

＊本文中の〔〕内は編訳者の補足、年月は新聞掲載時。

サハリン、ウクライナ、そして帰郷

ソ連残留日本人の軌跡

1 孫に頼まれ家族と避難 まさかの侵攻、兄妹待つ日本へ

２０２２年2月24日のロシアによるウクライナへの侵攻は、朝、自宅〔ウクライナ北西部ジトーミル市〔巻末地図参照〕の集合住宅の３階〕でテレビを見て知りました。

近年関係が悪くなっていたとはいえ、ソ連〔ソヴィエト社会主義共和国連邦。１９９１年に崩壊し、ロシアやウクライナなど15共和国が独立〕時代からの友好国で、何百万人もの人が、ウクライナよりも賃金が高いロシアに出稼ぎに行っていました。出稼ぎから戻ってきた人たちとも話しましたが、ロシアでは嫌な思いをすることもなく働けたよ――と言っていました。だから、侵攻なんてとても信じられなかったのです。米国は侵攻についてゼレンスキー大統領に警告していた、と私たちが報道で知ったのは、後のことです。

侵攻が始まり、テレビを注意して見るようになりました。当初ジトーミル市は平穏で

したが、やがてミサイルが飛来し始めました。市役所は、集合住宅の地階を防空壕《ぼうくうごう》として使う準備を始めました。市内にはソ連時代からの防空壕もあったのですが、民間に譲り渡されていたため、商売に使われたりして、人々の避難には使えなくなっていたのです。

病院近くにあった集合住宅が2棟、ミサイルで完全に壊された残骸を目撃しました。産科もあるこの病院の向かい、300メートルほどしか離れていない建物にウクライナ空中機動軍が入っていましたから、そこを狙ったのでしょう。ソ連時代から、ミサイル基地のようなものは郊外にありましたが、軍の施設自体は、市内に点在しています。他にも市内では、軍の兵器修理部門を狙ったミサイルが、隣接する寮に命中しています。現在ではロシアは手当たり次第に攻撃していますが、当初は軍事施設だけを破壊するつもりだったのでしょう。

ウクライナの息子夫婦、孫、ひ孫たちと私

市内にミサイルが落ち、日に何度も空襲警報が鳴り響くようになってからは、私は自宅から25キロほど離れたダーチャ〔菜園のある郊外の家〕で生活していました。

しばらくして同じ市内に住む孫のデニスが電話してきました。「日本がウクライナからの避難民を受け入れているとテレビで言っていた。警報が続いて、何日も妻は眠れていない。妻と娘（私のひ孫）を日本に連れて行ってくれないか」。ジトーミルはロシアの同盟国ベラルーシとの国境から南に約130キロの距離にあり、ベラルーシがいつかロシア側で参戦するのではないかという不安も市民の間に高まっていました。

日本には、私の兄姉妹《きょうだい》5人が永住帰国していて、4人が健在です。兄が北海道・稚内に、2人の妹が札幌に、もう1人の妹が旭川に住んでいます。彼らに電話して日本行きを告げると、連絡を受けた斎藤弘美さん〔サハリン残留日本人の支援などをしてきた「日本サハリン協会」会長〕が早速、帰国に向けた手配に動いてくれました。彼女の尽力がなければ、帰国は無理だったでしょう。

デニスの妻の父が車を出してくれて、西部の都市リビウ経由でワルシャワ〔ポーランドの首都〕に向かいました。

2　日本への永住帰国決める　やはりここが両親と私の故郷

3月5日に、ジトーミルを出発し、長旅ですので、リビウの修道院で一晩泊めてもらいました。ところが翌朝、出発しようとすると、車のクラッチペダルが変です。踏んでも反応がない。近くにいた年配の夫婦に尋ねると、近所に直せる人がいると言うので、電話してもらいました。私が普段使っているロシア語ではなく、ウクライナ語で頼みました。リビウのような西部地方ではロシア語もロシア人も嫌いな人が多いので、ロシア語でお願いしたら、返事はなかったかもしれません。ウクライナ西部では、ソ連時代からそうでした。

結局、クラッチ液が漏れていたのが原因と分かり、修理して、再び出発しました。

ポーランドとの国境では1・5キロ超の行列になっていて、昼前に行列に加わりました。ポーランド側は1時間に6台のペースで車を入国させていました。夜になると寝込んでしまう人もいて、そうすると行列はその車を迂回《うかい》して進んでいく。やがて目を覚ましてその車が動き始めると、他の車は行列に戻してあげる。そうして夜を徹して進み、国境にたどり着きました。

孫のデニスの岳父はポーランド系でしたし、一般的にポーランド人はウクライナ語の会話は半分ぐらいは分かるので、審査などは問題ありません。孫娘と私のパスポートは既に期限切れだったため不安でしたが、国内パスポート〔ソ連時代に導入された身分証明書〕を提示し、ポーランドに無事入国できました。

戦争が始まり、ウクライナ大使館でパスポートを再発行できるような状況ではありません。この間、心配した日本サハリン協会の斎藤弘美さんたちがワルシャワの日本大使館などと連絡を取り、私がサハリン残留日本人であることなどを説明し、サポートしてくれていました。まさに神の助けでした。ようやく、日本大使館がパスポートに代わる書類を出してくれて、日本に向けて出国できました。

３月19日、到着した成田空港では斎藤さんや兄妹《きょうだい》たち、そして、たくさんの記者たちが迎えてくれました。戦争が始まって日が浅く、避難民としてはほとんど最初の来日だったこともあると思います。北海道や旭川市は、家や家具も準備して私たち4人を迎えてくれました。感謝しています。

日本に長くいるつもりはなかった私ですが、考えてみると、妻も一人息子も亡くし、ウクライナでは独り暮らしです。兄妹《きょうだい》からは何度も永住帰国を勧められていました。来日後、避難民として暮らしながら、長いこと思案し、永住帰国することにしました。日本は両親の故郷ですし、兄や妹たちはもうここに住んでいて、日本にいればいつでも行き来ができるのですから。

ウクライナを離れるにあたっては、財産の処分など、ウクライナで済ませておくべき法的な手続きがありました。そこで2023年6月に一度ウクライナに戻って手続きを済ませ、ついでに、それまで使ってきた調理器具など生活に必要な物や、思い出の品を持ち帰ってきました。妻や息子の墓に行き、「しばらく来られなくなるよ」と、あいさつもしてきました。

3　母の出産・兄の大けが　サハリンからの引き揚げかなわず

　私は１９４３年、日本統治下の南樺太〔現ロシア・サハリン州南部〕で生まれました。ただ、兄を産む時、母は里帰りして長野県洗馬村〔現塩尻、松本市〕で助産師をしていた自分の姉の元で出産しているので、私もそうだった可能性もあります。

　ソ連の出生証明書には、「１９４３年下半期にユージュヌイ村で出生」とだけありました。私は16歳になって国内パスポートを申請する際に母に聞き、初めて自分の正確な誕生日を知りました。

　私自身のサハリンでの最初の記憶は、５歳ごろです。両親の留守中にご飯にお酒を交ぜて食べ、ひっくり返した茶わんの隣で畳に横になっていたようです。帰宅した両親が見つけ、後でたっぷり小言をもらいました。

　父は現地の灯台の無線通信士でした。同じ村の日本人たちは戦後、本土に引き揚げました。父は引き揚げ船の航行を守るため、業務を続けるように指示されていたのだと思います。最後に家族で帰るつもりだったようですが、母の妊娠・出産に加え、兄が荷馬車の車輪に足を巻き込まれて大けがをして、半年も寝たきりになってしまったこともあり、帰国はかないませんでした。

父が勤めていた灯台

　この時期に生まれた妹たか子は、１９４８年12月のある朝、まだ生後3カ月で亡くなりました。とても寒い冬でした。ダルマストーブ〔まきなどを燃料とする鉄製の簡易なストーブ〕の周りで寝ていましたが、火は布団に入って1時間もすれば消えます。夜中に布団がはだけ、たか子は凍えたようでした。父が作った棺に入れ、畑で火葬しました。お骨はこれも父が作ったふた付きの箱に入れ、位牌《いはい》と共に、ずっと家に置いていました。

　一方、当時の私は悪ガキでした。家の近くに日本軍の兵舎があり、戦後はロシアの兵士たちが入りました。

父・利勝

彼らは時折、家の前の小川で、塩漬け肉の塩抜きをしていたので、一度私は人がいない時を見計らって肉を取り、持ち帰りました。いつもおなかが減っていましたし、兵士が怖い、とは思いませんでした。

他にも、村の生活には多くの思い出があります。浜辺に鯨が打ち上げられ、父がのこぎりで肉塊を切り取って担いできたとか、産卵期に川でカラフトマスを捕ったとか、父が食用に豚を育てたものの、処理の仕方を間違って途中で豚が逃げ出し、猟師を呼んだとか。食の話が多いのは、戦後しばらくはどこも同じだったのでしょうが、食で苦労したからかもしれません。畑の野菜や川の魚、木の実など自然の恵みが私たちを救ってくれました。

また両親は、2、3キロ離れた森まで行き、丸太を切り出してはそりで家まで運び、冬中使うまきを作っていました。これも大変な作業でした。

戦後、最後の引き揚げ船が去った後、ソ連側が灯台を閉鎖すると、父は魚の加工工場で働き始めました。やがて、村にロシア人、朝鮮人が住むようになって先ほどの兵舎が学校になると、父はそこで用務員の仕事を見つけ、働き始めました。備品や図書室の管理、修理から掃除、授業前にストーブで教室を暖めることまで、仕事は山ほどあって父は大忙しで、時には母も手伝っていました。父は働きながら独学でロシア語を熱心に学び、私の記憶では、1年ほど後には図書室の『ロビンソン・クルーソー』が読めるようになっていました。

姉や兄はロシア人と一緒にこの学校に通い始めました。まだ学校に行く年ではなかった私は、鏡を持って、外から授業中のクラスに光を反射させて、授業の邪魔をして困らせ、両親に叱られました。

4　強制移住で北の町ポロナイスクへ　迎える人・泊まる宿なく

やがて私もロシア人の学校に通うようになりました。ほとんどが軍人の子どもで、ロシア人以外はクラスで私一人。彼らはそろいのかばんでしたが、私は布きれの手提げ袋に授業で使う物を入れていました。彼らは学校で昼食にサンドイッチなどを持ってきて食べていたけれど、私たち兄姉《きょうだい》には持って行ける食べ物はなく、いつもおなかが減っていた記憶があります。当時、彼らにいじわるされた記憶はない代わりに、一緒に遊んだ覚えもありません。小学校では「ヒデ」と呼ばれていました。

１９５３年5月、私たち一家は引っ越すことになりました。呼び出されたのかどうかは知りませんが、地区の中心都市コルサコフから帰ってきた父が「引っ越すことになった」と告げました。荷物を詰める箱を父が木の板で作って準備し、私たちは荷造りを始めました。最初私は日本に戻るのかと思いましたが、木箱にキリル文字で「アンドレイ・

イワノヴィチ・フリハタ」と書いているのを見て、そうではないと悟りました。「アンドレイ・イワノヴィチ」は、当時父が名乗っていた通名です。学校の用務員をしているうちに、周囲から名付けられたようです。日本の名前はロシア人には言いにくいので、そういうことはよくあります。私も、後に働き出してからは、職場の上司の思い付きで、ロシア風に「マクシム・ニコラエヴィチ」と呼ばれていました。

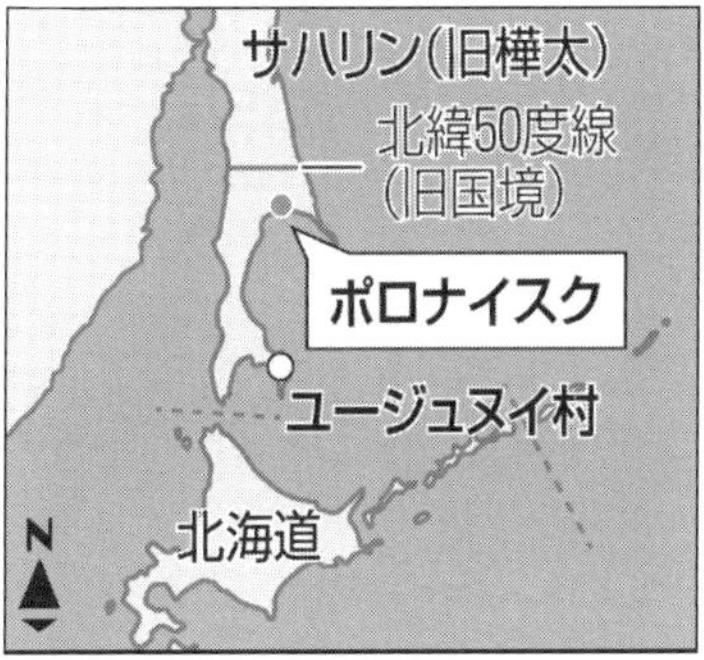

ユージュヌイ村で荷物を詰めた木箱にはどれも、父の通名「アンドレイ」とともに、引っ越し先となる「ポロナイスク」と書いてありました。知らない町でしたが、列車で行くということだけは分かりました。日本時代から残された鉄道に乗って、北に向かうことになりました。

ソ連（今のウクライナやロシアもそうですが）の学校は5月末でその学年が終わります。もう少しで2年生が終わるという時期でしたが、特に友人と別れを惜しんだ記憶はありません。まだこの頃はロシア語もうまく話せなかったと思います。

いずれにしてもポロナイスク行きは強制移住で、私たちに選択肢はありませんでした。サハリン南部という日本との国境近くに住んでいながら、ソ連国籍を取らず日本人のままだったことが理由だったと思います。私たち以外の村人はずっとそのまま住み続けていましたから。

ポロナイスクはとても大きな町でした。私たちを、冷ややかに迎えました。海からの突き刺すような風が吹き、寒かった。サハリンで唯一のセメント工場、さらに巨大な製紙コンビナート、れんが工場、そして港がありました。こうした工場も、日本時代に建てられた物です。大きな魚の加工工場もありました。

到着した私たちを迎える人もなく、泊まることができる宿もありませんでした。私たちは駅に残り、父が市役所に事情を話しに行きました。子どもが6人もいたんです。でも、市は住居をあてがってはくれませんでした。父は家に置いてくれる家族を何とか見つけ(朝鮮の方たちだと、後で知りました)、海沿いにあった彼らの家にしばらく泊めてもらうことになりました。

5　生活のためにソ連国民に　厳しい冬の思い出

ポロナイスクに強制移住させられて2週間ほどで、父は製紙コンビナートの「計測および自動化部門」で電気工の職を見つけました。父は横浜の無線工学専門学校を卒業していましたから、無線工学の知識があったのです。

当時は知りませんでしたが、仕事に就くに当たって、父はソ連国籍取得を余儀なくされました。仕事探しでどんな職場に行っても、まずは人事部の書類に自宅の住所を書かなくてはならない。その住所はソ連の国内パスポートで証明するのです。ポロナイスクで仕事に就くなら、ソ連国籍を取得するほかありませんでした。

国籍取得を申告すると、翌日には国内パスポートが発給され、すぐに職に就けたようです。ポロナイスクに着いた時点で子が6人（しばらくして8人になります）、父はどうにかして大家族を養わなくてはいけませんでした。

ポロナイスクでは、日本統治時代から製紙業が大きな産業で、製紙コンビナートの労働者がたくさん住んでいました。父が製紙工場に就職したことで、日本時代に建てられた労働者用バラックの一室が与えられました。おがくずを壁の断熱材に使った木造平屋で、共用廊下に並んだ扉の一つを開けると、わが家です。

部屋は一つでとても狭かった。小さな机が一つあるだけなので、私たち兄弟姉妹《きょうだい》は、順番に使って翌日の授業の準備をしました。電気やれんが造りのペーチカ〈ロシア式暖炉〉はありましたが、水は屋外の給水栓までくみに行かねばなりませんでした。

しばらくして移った別の木造住宅には、各戸に玄関やペーチカがありました。二部屋あり、木製の二段ベッドがありました。トイレも家にありましたが、冬にはまるで屋外のような寒さでした。一方、同じ製紙工場に勤める専門家の中には、工場の熱源を用いた室内暖房もあるいい家に住んでいる人もいました。

母（中央）を囲む子どもたち
（後列左端が著者）

工場には熱電併給（コジェネレーション）発電所があり、燃料の石炭は、炭鉱から工場まで直接鉄道で運び込んでいました。わが家は線路沿いにあり、近くに停車場がありました。鉄道が来て止まると貨車によじ登っていき、積んである石炭を投げ落とす人もいました。後で拾って、家のペーチカで使うためです。うちも石炭を、一冬に3トンは使っていました。

ポロナイスクで暮らしていたバラックの家

ポロナイスクに行ってまもなく、1953年ごろのことです。3歳下の妹を連れて行って石炭を落としている時、急に列車が動き出し、妹が足をひかれてしまいました。幸いかかとの肉だけで骨までひかれずに済んだのですが、とても怖い思いをしました。

なにしろポロナイスクは寒かった。兄と一緒に、家の畑に側溝を掘った際には、深さ50センチも掘ると永久凍土が出てきました。雪も多く、冬はトンネルを掘って家から出る始末でした。それでも、楽しい冬の思い出もあります。兄と二人で、木製のスケートを作りました。細い木に空き缶から取った鉄片を付け、それをワーレンキ（ロシアの伝統的なフェルト製長靴）に縄で縛り付けて、氷上でスケートをしたのです。また、コンデンスミルクを雪と混ぜておやつ代わりに食べたりもしました。

住んでいるうちに分かったことですが、ポロナイスクには、日本人が10家族ぐらいいました。私たちと同じく、さまざまな理由で日本に帰れなかった人たちでした。

自作のスケートで遊ぶ兄・信捷（左）と私

6　スパイと疑われたか？　かなわなかった両親の帰国

やがて、両親はポロナイスクで、自分たち同様に取り残された日本人家族たちと知り合いました。時には家に招き、日本の料理を作ってごちそうしたりもしていました。よく、両親が日本からのラジオ放送でニュースを聞いていたことも覚えています。

１９４８年、ユージュヌイ村で、村に住んでいた日本人が引き揚げ船で日本に帰国したのに、私たち家族は帰国できませんでした。父によると、引き揚げ船の医師に、大けがを負った兄と妊娠中の母は、航海に耐えられないかもしれない、と言われたのだそうです。出航時には、嵐が来ていました。そして、これが村から日本に向かう最後の船だったので、私たちだけが村に取り残されてしまいました。

その後も帰国できなかった理由として、頭に浮かぶのは、ソ連による妨害です。ユージュヌイ村にいた時、肩章を着けた将校が二人、家に来ました。幼かった私が、うち一人の膝に乗って金ぴかの肩章に触ろうとしたことを覚えています。

村から他の日本人が全て引き揚げたのに、うちの一家だけ残ったことが、ソ連側の目を引いたのだと思います。日本がわざと残したスパイだと疑われたのではないでしょうか。長い時間取り調べを受け、監視下に置かれたようです。だからその後は、日本に帰りたがっても帰国させず、ＫＧＢ〔国家保安委員会〕が監視し続けていたのではないかと私は思っています。

１９５６年の日ソ国交回復後、しばらくしてポロナイスクの製紙コンビナートから日本に紙を輸出する貨物船の運航が始まりました。日本から貨物船が来ては、木材や、紙袋用の紙を積み込んでいて、時々、休みの日に乗組員が船から下りて歩いていることがありました。父が彼らと知り合いになって手紙を託したことで、私たちが生きていることが日本の親族に伝わりました。最後の引き揚げ船で戻らなかったので、私たちの一家はみんな死んだと思われていたようです。

母は日本にいる自分の姉などと手紙のやりとりをするようになりました。手元に、母の姉が送ってくれた親族の写真があります。写真裏面にロシア語の署名がありますが、これは両親に会ってインタビューしたロシア人記者の名前だと聞いています。父は日本に帰国したいと思ってモスクワの日本大使館に行っていますから、どこかで知った記者が取材に来たのでしょう。

当時、私はレニングラード〔現サンクトペテルブルク〕に進学してサハリンを離れていたため、両親が帰国を申請した詳細についてはよく知りません。ただ、申請後、日本側が両親に対して一時滞在用のビザを出したのに、ソ連側が出国を許可したのが日本のビザが切れる直前だったため、結局、日本に行って親族と会うことはできませんでした。ソ連側の考えだったのでしょう。両親はとてもがっかりしていました。父は78年、母は91年にポロナイスクで亡くなりました。両親の夢見ていた日本行きは、かないませんでした。父もそうですが、ロシア語もよく分からず、家から出る機会も少なかった母にとっては、特につらい人生だったと思います。

戦前、北方の厳しい環境にある灯台で働きながら、父は給料をずっと貯金していたようです。私が半ば冗談で「(日本の口座に) いくらあるの？」と父に尋ねると、「おまえたちが今後一生働かないでいいぐらいはあるよ」と真剣な顔で答えました。しかしそれも、帰国できなかったので、結局手にすることはありませんでした。

7　強制移住の地で学校卒業　いったん就職、思い直し進学決意

私たち一家がポロナイスクに強制移住させられたのは１９５３年５月。９歳だった私は、新学期の９月から、現地の学校に通い始めました。３年生でした。

やがて、近所に住むロシア人の男の子、セルゲイと友達になりました。彼の家に遊びに行って泊まったり、彼の得意なバヤン〔アコーディオンの一種〕の弾き方を習ったりしました。セルゲイの両親は、服をくれることもありました。うちは、子どもが８人もいて暮らしが厳しく、私の服装もひどかったのです。私たちは松ぼっくりから松の実を取り、姉や兄が市場で売っていました。ロシア人は畑をやっていませんでしたから、母が家の畑で育てた物もほとんど売り、家計の助けにしていました。

初めて映画を見たのもこのころです。家から１５０メートルほどのところに収容所《ラーゲリ》があり、政治犯らしき人たちが収容されていました。戦後は多くの人が大陸からサハリン

のラーゲリに送られていたのです。ラーゲリでは休日の夜に、広場の建物の壁に映画を映して囚人たちに見せていたので、私は歩哨に気付かれないよう、有刺鉄線の脇から一緒に映画を見ました。私が初めて見たのは、『月への飛行』という映画でした。そんなことをする子は、私だけでしたが。

5年生からは30分以上歩いて、セメント工場の労働者の住む村にある中等学校に通っていました。私と朝鮮人の女生徒一人の他は皆ロシア人でした。学校では嫌な思いもしました。日本人がもっとたくさんいれば違ったでしょう。森に果実を採りに行った時、ロシア人たちが追っかけてきて、せっかく採った実を奪われたこともありました。セルゲイは8年生を終えるともう就職していて、学校に友達はいませんでした。教室の窓から、海が見えました。日本の貨物船が停泊するようになると、休み時間に眺めては、あれに乗って日本に行けたらいいのになと思いました。

8年生になると、私も時間があれば母の畑を手伝いました。学校では勉強を頑張ったので、ロシア語の評価は5（5段階評価）でした。姉と兄は就職して家を出ていましたが、私の他にも五人妹がいて、両親は大変だったはずです。10年生の終わりに卒業パーティーがありましたが、私は欠席しました。着られる服がなかったのです。

1961年5月、10年生で学校を卒業する時には、担任の先生にユジノサハリンスク〔サハリン州州都〕の教育大学へ進学を勧められました。生徒の多くは卒業後は進学し、中にはウラジオストク〔沿海地方の中心都市〕の大学に進学する人もいました。

しかし私は教師になるつもりはなく、就職しました。父が勤め先で話を付けてくれて、私は製紙コンビナートの「巻き付け工見習い」として就職しました。モーターに電線を巻く仕事です。2カ月後には試験に合格し、「見習い」から独り立ちしました。でも仕事は単調で、これを将来もずっとやるのかと思うと、考えてしまいました。

そんな時に、工場内に貼られたお知らせが目に留まりました。ソ連各地にある製紙コンビナートの労働者が対象で、製紙業で働く専門家を養成するレニングラードの工科大学への進学希望者は、申請しなさいというものでした。卒業後一定期間はコンビナートに戻って働くことを条件に、奨学金も出るとありました。

考えた末、私は入学希望の申請書を出しました。

8　レニングラード工科大学へ進学　勉強と仕事に追われる日々

レニングラードの工科大学への進学を申請した結果、私は勤務先の製紙コンビナートから、同じく進学を希望したもう一人の労働者とともに、進学を許されました。服がひどかったので、ズボンとシャツを自分で縫うなどして準備しました。一年ちょっと働いた職場から、1962年8月下旬、安くて軽い段ボール製のトランクを片手に旅立ちました。

ポロナイスクから鉄道でユジノサハリンスクへ。そこからハバロフスク〔巻末地図参照〕、クラスノヤルスク〔シベリア中部〕と飛行機を乗り継ぎ、レニングラードへ。交通費は当時のお金で片道120ルーブルで、私の一カ月分の給料とほぼ同額でした。

大学はレニングラードの中心部にあり、そこから地下鉄と市電を乗り継いだ市の外れにある五階建ての寮に入りました。部屋は12人の大部屋で、私の他は、リトアニア人、ベラルーシ人、カザフ人、ウクライナ人と、一番多いのがロシア人で、私と同様、ソ連各地の製紙コンビナートから来ていました。入学希望者は試験を受け、1科目でも不合格なら、入学は許されません。私たちは同じ部屋で試験の準備をしました。

なお、全ソ連邦から受験者が来て、専門的で、入学後の内容も難しい大学だったため、この大学には、地元レニングラードの人は少なかったです。ただ、いったんこの大学に入学した後は、他の大学への転校が容易なのだそうで、私と同じ年に入った地元出身の3人の男子学生は、進級と同時に、権威ある別の大学に空きを見つけて移りました。最初からそうするつもりだったのかもしれません。

私は無事、5科目の入学試験に合格し、大学生になりました。寮の近くの食料品店では、豊富な品ぞろえに驚きました。同じロシア国内でも、地方小都市のポロナイスクでは肉などはほとんど売り場に並びませんでした。ポロナイスクで、肉製品などない頃に、羊肉が売られているのを見て父が大急ぎで買いに行ったのをよく覚えています。

しかしここではソーセージや肉、果物など、ポロナイスクで売り出せば行列になるようなものも、日常的に売っていました。モスクワ同様、外国人も多く来る町ですから、「豊かなソ連」というイメージを作るためだったのでしょう。

大学に行くに当たっては、サハリンでの友人、セルゲイに、レニングラードにいるおばさんの住所を聞いていました。彼女は、第二次世界大戦中のレニングラード包囲〔ドイツ軍が約900日にわたって町を封鎖し、砲撃や兵糧攻めを行った。60万人以上の餓死者を含め、死者は100万人に達した〕を生き残った人でした。訪ねていった時には、包囲でどんなに苦しんだか、生き残るために犬や猫まで食べる状況が続いたためか、戦後腎臓結石に苦しんだというような話をしてくれました。

入学後、最初の2年間は大変でした。私のように生産現場から大学に進むには2年の労働歴がなくてはいけないのですが、私は足りませんでした。そこで、同様の学生たちとともに機械製作工場での仕事が割り当てられ、働くことになりました。昼間は勉強し、それから仕事に行きました。学校の課題をやるのは夜遅くになり、自由な時間は全くありませんでした。1年半、旋盤工をしながら大学で学びました。

ところで、私の後に入学した人も含め、サハリンからは、何人もの学生がこの大学へ進学していました。サハリンは木材が豊富で、日本時代に造られた製紙コンビナートがたくさんあり、各都市で稼働していたのです。こうしたサハリンからの学生との関わりが、やがて、妻との出会いにつながっていきます。

9　めまぐるしい学生生活　将来の妻との出会い

レニングラード工科大学に合格後、寮の四人部屋に移りました。私とウクライナ人、ロシア人が2人で、順番に料理を作ったりして、仲良くやりました。私が一番若く、他の三人は既婚者でしたが、うち二人は、レニングラードに恋人がいて、部屋で寝ることはまれでした。

残りの一人は、週末ごとに片道約3時間列車に乗って妻の待つオクーロフカ〔ノヴゴロド州〕の自宅に戻っていました。学生ですし、切符代はどうしているのか不思議でしたが、自宅に招かれ、一緒に列車に乗って理由が分かりました。

ソ連の列車は車両ごとに鍵がかかっていますが、彼はその合鍵を持っていました。重い荷物を持つ女性を手伝うふりをして、切符なしで列車に乗り込み、鍵を使って他の車両へ。検札が始まると、また別の車両に移動しました。そうやって、何食わぬ顔で目的地まで乗っていたのです〔両都市間は直線距離で約２５０キロ〕。

ある日曜の夜、彼があちこちに包帯を巻いて寮に戻って来ました。驚いて皆が尋ねると、いつものように自宅に戻る際に、鈍行に乗り遅れ、特急に乗ったというのです。いつもの駅には止まらないので、やむなく、自宅近くで列車から飛び降り、大けがをしたのです。

学生時代、私は行く所もお金もないし、落第すれば奨学金は止められてしまうので、一生懸命勉強しました。３年生になると、長期休みには家族の顔を見にサハリンに戻りました。帰りの旅費は、元の職場で少し働かせてもらって稼ぎました。

４年生に進級してからは、時々、貨物駅で荷降ろしの手伝いをして稼ぎました。奨学金だけでは足りませんでした。この頃、朝食は〝白夜〟と呼ばれる、砂糖入りでお湯のような薄い紅茶と棒パンで済ませることが多かったで

寮で同室の仲間。右から二人目が私。

す。

大学では、基礎科目の他にもマルクス－レーニン主義、計算機、建築、水力学、高等数学、金属溶接、金属加工、クレーンなどの多くの授業がありました。

在学中、一度だけ追試を受けたのは、最も難しい科目だった3年時の「材料力学」です。物のどこにどれぐらいの負荷がかかっているか考えるといった、機械工学にとって重要な内容でした。担当の先生は厳しく、単位が取れず退学する学生もいました。私は二度目の試験で4（5段階評価の上から2番目）が取れ、ホッとしました。

同じく3年時には、試験で面白いこともありました。「水力学」の口頭試問の際、先生が私の名字「フリハタ」をじっと見て「これはウクライナの名前ではないか」と言うのです。ウクライナ人の先生でした。ウクライナ語で「フラ」は荷馬車、「ハタ」は家という意味です。周りの学生には聞こえない距離で、私が問題に答える前に、先生は「4をやろう」と言って書き込み、試験は終わりました。

このように私は大学で学び、時に働く日々でしたが、寮の二階では週末や祝日にダンスパーティーが開かれていました。興味がなかった私も、4年生で初めて参加してみました。

　たくさんの学生が集まって踊っていました。男女二人で踊るなら、男性から女性を誘うものでしたが、ソ連では「白いダンス」という時間があり、その時は女性が男性を踊りに誘います。その日、初めて来た私が端っこで皆の踊る様子を見ていると、白いダンスの時間になり、私の前に一人の女性が来ました。それが後に妻となるリュドミーラでした。彼女はウクライナ出身でしたが、どうやら、同じ寮のサハリン出身の女学生を通じて、私のことを前から知っていたようでした。

リュドミーラ
（まだ知り合う前の頃）

10　大学卒業、再びサハリンへ　考えた末にソ連共産党入党

こうして私とリュドミーラは出会いました。レニングラードの町で、時間があれば二人で美術館や劇場に行ったり、ネヴァ川の跳ね橋が大きな船を通す様子を眺めに行ったりしました。クリスマスには礼拝を見に教会に行きましたが、警官が周りを囲み、お年寄り以外は通さなかったため、入れませんでした〔ソ連は無神論を採り、教会を弾圧していた〕。その夜は、映画館が一晩中開いていたのを覚えています。

1年ほどたち、「結婚しよう」と言うと、彼女もうなずいてくれました。両親に伝えると、200ルーブル送ってくれました。おおよそ父の月給ぐらいの額で、助かりました。彼女は自分で結婚衣装を用意していましたから、私も黒いスーツをあつらえました。1966年2月、役所に結婚の届けを出し、寮の近くの食堂を貸し切って、友達と学生スタイルで結婚パーティーをしました。

私たち二人は、寮の別の階に住んでいましたが、結婚してしばらくすると、寮管理人が階段下の9平方メートルのスペースを私たちに用意してくれました。棚と鉄製のベッドと机、いすとサイドテーブルがあるだけでしたが、満足でした。二人で住めることに解放感がありました。

1967年12月、私は卒業しました。奨学金受給の条件に従い、ポロナイスクに戻って働かねばなりません。妻が妊娠していたため、翌68年1月末まで寮に残りましたが、いよいよ部屋を出なくてはならなくなり、一人でサハリンに戻って、機械技師として働き始めました。

4月、レニングラードの産院で息子ヴィクトルを出産した妻は、息子をウクライナ・ポニンカに住む自分の母に預けると、自分は論文を仕上げるために大学に戻りました。そして5月末、私は卒業してウクライナに里帰りしていた妻と息子を迎えに行き、三人でサハリンに戻りました。

結婚パーティー。中央がリュドミーラと私。

サハリンでは最初は両親と同居しました。ただ、私のような若手の専門家には1年以内に職場が住居を提供する決まりになっていました。まず、囚人が建てた木造住宅が提示されたのですが、質が悪いので断りました。すると2週間ほどして、職場に近い別の家を見せてくれました。部屋は一部屋でしたが、水道、暖房もシャワーもトイレも、そしてオーブンまであるいい家でした。ここで3年過ごしました。

ポロナイスクの製紙コンビナートで再び働き始めたある日、上司の執務室に呼ばれました。上司はユダヤ人の男性でしたが、「大学も出て、技師の職にも就いた。この先に進みたいのならば、党に入らなくてはならないな」と言いました。党とは、ソ連時代の唯一の政党、ソ連共産党です。この時代、党員でなければ出世は見込めませんでした。

どうするか考えた末に、私は「人生にはまだ先がある」と思い、入党を申請しました。申請すると党委員会に呼ばれ、共産主義や社会主義について私が当然学んでいるべきことをいくつか質問されてから、党員候補として入党が認められました。

もう大人ですし、両親には相談しませんでしたが、もし父に相談すればきっと「やめておけ」と言ったことでしょう。幼い頃、壁に貼ってあった写真が誰か父に尋ねると「天

郵便はがき

郵送の場合は切手を貼って下さい。

232-0063

横浜市南区中里1—9—31—3B

群像社　読者係　行

＊お買い上げいただき誠にありがとうございます。今後の出版の参考にさせていただきますので、裏面の読者カードにご記入のうえ小社宛お送り下さい。同じ内容をメールで送っていただいてもかまいません（info@gunzosha.com）。お送りいただいた方にはロシア文化通信「群」の見本紙をお送りします。またご希望の本を購入申込書にご記入していただければ小社より直接お送りいたします。代金と送料（一冊240円から最大660円）は商品到着後に同封の振替用紙で郵便局からお振り込み下さい。
ホームページでも刊行案内を掲載しています。
http://gunzosha.com
購入の申込みも簡単にできますのでご利用ください。

群像社　読者カード

●本書の書名（ロシア文化通信「群」の場合は号数）

●本書を何で（どこで）お知りになりましたか。

1 書店　2 新聞の読書欄　3 雑誌の読書欄　4 インターネット
5 人にすすめられて　6 小社の広告・ホームページ　7 その他

●この本（号）についてのご感想、今後のご希望（小社への連絡事項）

小社の通信、ホームページ等でご紹介させていただく場合がありますのでいずれかに○をつけてください。（掲載時には匿名に する・しない）

お名前《ふりがな》

ご住所
（郵便番号）

電話番号
（Eメール）

購入申込書

書　名	部数

皇だ。日本人にとっての神だ」と答えたのを覚えていました。

大学ではマルクス－レーニン主義関係の授業がありましたが、真剣に勉強した記憶はありません。でも、評価はどれも3（5段階評価）。もっとも、どんなに勉強しない学生でも、この科目で2は付かない、と言われていました。ソヴィエト社会主義共和国連邦の大学生に、社会主義・共産主義が分からない人間がいると認めることはできなかったのでしょう。

11　安心して暮らせる地を求めて　ウクライナを転々、党から除名

サハリンに来て3年目に、妻が「もうサハリンはいやだ」と言いました。気候や、食料事情の悪さが大きな理由でした。私はずっとサハリンにいてもいいと思っていましたが、妻がそう言うのなら、引っ越さねばなりません。

ソ連では、労働者には年30日程度の有給休暇があり、翌年以降への持ち越しもできました。休暇を何年分かためて、寒いサハリンから大陸に渡って南でのんびり過ごすのが多くの人の夢でした。クリミア半島〔ウクライナ領だが、現在はロシアが実効支配〕のほか、ガーグラ〔アブハジアの都市。アブハジアはジョージアから独立を求める未承認国家で、ロシアの影響下にある〕、イスイククリ湖〔キルギス〕など人気の保養地がありました。私たちは3カ月ためた休暇を使って引っ越し先を探すことにしました。

妻はふるさとに帰りたい様子でしたから、まずは義母のいるウクライナ北西部・ポ

ニンカに行きました。妻の父は軍人で、戦時中、プシェミシル〔1939年のドイツとソ連によるポーランド分割でソ連領になっていた。現在はポーランド領〕の国境警備隊にいました。1941年6月、ドイツ軍がソ連へ侵攻した際に町は空爆され、彼は行方不明になりました。おそらく亡くなったのでしょう。やがて義母は再婚しました。

義母の所で1カ月のんびりしてから、仕事を探し始めました。交渉した結果、妻は大学進学前まで勤めていた製紙コンビナートで、私はれんが工場でチーフメカニックとしての採用が決まりました。しかし結局、どちらの職場も職員用住宅がなく、妻は義父たちとの同居は望まなかったので話は振り出しに戻りました。

そこで私は、モスクワ大学を卒業し、ウクライナのクリミア半島の中心都市シンフェローポリに住んでいた姉に相談しました。姉は、勤め先の研究所が建設中の工場で私を雇ってくれるように所長と話を付けてくれました。

私たちは姉を頼って引っ越し、タタール〔クリミアのトルコ系民族〕式の古い粘土壁の平屋に住んでいた姉に、最初は同居させてもらいました。私は工場の主任技師として採用され、妻も自動車道路管理局で経済専門家としての仕事を見つけました。

従業員寮があり、週末には海に近い保養所が使えました。ソ連時代、クリミアは全ソ連であこがれの保養地でしたから、人々は各職場で順番待ちの保養所利用券を手に入れてまで、クリミアで休暇を過ごそうとしました。

そのクリミアでの暮らしなのに、息子の体調が悪くなりました。何度も肺炎になり、保育園にも行きたがらない。昼は暑く夜は涼しいのが魅力の地でしたが、医者は、「気候が合わない。早く引っ越した方が良い」と言うのです。

仕事を辞め、引っ越そうとしましたが、思わぬ障害がありました。工場長に事情を説明すると、その場に工場の党書記が呼ばれました。サハリンで私はソ連共産党に入党し、党員候補でした。一年間様子を見て、「品行方正」ならば党員になる仕組みだったようですが、途中で転職したので、党員候補のままでした。

「また辞めようというのか。君はいつまでも党員候補のままじゃないか。ここで党員になるまでは辞めさせない」と工場長が言いました。まさに息子が肺炎になり、死ぬかもしれないという時でしたから、「そんな党がなんだ、除名してくれ」と答えました。除名してくれるよう申告書を書いて突き出すと、即刻、彼らは私を党から除名したので、私は人事部に行って離職しました。

　では次はどこに……。とりあえず妻のいとこを頼って、ウクライナ北西部の工業都市、ジトーミルに向かうことになりました。

12　工業都市ジトーミルで新居を手に　幸せな生活に向けて

1972年、私たちはジトーミルに引っ越しました。妻のいとこ夫妻の家で間借りさせてもらいました。

妻は程なくしてジトーミル州の機関で統計の仕事を見つけてきました。私は、自分の職と、家族で住む家を探す必要がありました。

ソ連時代、工場や大きな会社は従業員のために集合住宅を建てました。資金はその企業を管轄する中央省庁が出しました。完成すると、従業員が順番に入居するほか、住宅のうち10％は市執行委員会に引き渡され、さまざまな組織で働く人に配分されます。障害者や第二次大戦に従軍した人、後にはチェルノブイリ原発事故の処理に当たった人などがリストに入れられ、順番を待つ仕組みでした。このように、住宅の入居は全て順番待ちでした。共産党員でも、州や市の党委員会職員のことは知りませんが、平の党員は一般人と同様に、たとえ工場の技師長や部長のような立場の人でも、入居の順番を待っていました。

ジトーミルは工業都市で人口も多く、私たちがやって来た当時、10以上もの大きな工場がありました。しかし住宅は少なく、あちらでもこちらでも、集合住宅に入ろうと多くの労働者が10～15年の順番待ちをしていました。

シンフェローポリで工場を辞める時、工場長が言っていた言葉を思い出しました。「辞めるなよ、来年には従業員用の新しい集合住宅を建てる。すぐに新しい住居が手に入るんだぞ」と工場長は言っていました。1年後、姉の手紙には、集合住宅が完成し、従業員たちが新しい住居を受け取ったと書かれていました。工場長は、うそは言っていなかったのです。そのまま勤めていれば、私もクリミア半島で新しい住居を手に入れていたことでしょう。

ジトーミルで私は、どうしたら住居を手に入れられるか考えながら、仕事を探しました。いくつも工場を回るうち、私を採用しようという所もありましたが、住居の提供を約束してはくれませんでした。

まさにこれから従業員に集合住宅を建てようという企業に転職できれば、住居を手に入れるには近道ですが、そんな情報は私にはありません。これでは近いうちに家は手に入らないな、と思った私は、思い切って、市共産党委員会に行きました。党員以外はまず行かない所です。

私は委員会の工業担当の部署に行きました。計画経済の国であるソ連で計画未達成の工場長を叱りつけるような部署です。私は転居してきて転職先を探していることを告げ、「早く住宅を受け取るにはどこの工場に勤めるといいか」と尋ねました。党を除名されていた私ですが、対応した職員は、こんな所に来る私は当然党員だろうと思い込んだのでしょう、確認もしませんでした。私の話を聞くと、職員は電話をして、建設中だった工作機械工場の工場長のところに行かせました。

工場長に1年後の住宅配分を約束され、ここで働くことにしました。工場長は私をまず工場建設のコンクリート打ち作業員として雇い入れました。しばらくジトーミルで働いた後、首都キエフ〔現キーウ〕の仕事に派遣され、そこで1年ちょっと働きました。その間、ジトーミル市のほとんど中心部の場所で、100戸が入る集合住宅の建設が進められていました。

やがて住宅が完成し、90世帯分が、私たち従業員用となりました。１９７４年の国際女性デー〔3月8日〕に、工場の他の労働者たちと共に、私は工場長から住居の引き渡し書と鍵を受け取りました。

ベッドや家具などなかったので、最初は床で寝ました。それでも、まさに「天にも昇る」という言葉のように、この上なく幸せな気持ちでした。こうして、ジトーミルに来て一年半で、集合住宅の三階に自分たちの家を手に入れました。

13　ジトーミルの職場　酔っぱらいとの闘い

ジトーミルで働き始めて一年ほどたったころに、私は一度、ＫＧＢ〔国家保安委員会〕に呼ばれ、共産党をやめたいきさつを尋ねられました。党員であれ党員候補であれ、本来、除名はされても、自己申告でやめられるものではなかったのです。事情を説明すると、それ以上「おとがめ」はありませんでした。

結局、ジトーミルでは、７カ所の職場で計40年間働きました。大部分は工場で、工作機械や農業用の機械、自動車のスペアパーツ製造工場など、さまざまでした。性分で、どんな職場でも何年か働くと飽きてしまうのです。私が仕事を変えたがっていると知った他の工場から「来てくれないか」と声がかかって転職することが多かったです。当時、モスクワやレニングラードの大学を出た人は、高い教育を受けたということで、どこも喜んで採用してくれました。ただ、こうして転職を重ねる人はソ連の労働者としてはまれで、妻は「次から次に走って行く人ね」と笑っていました。

生産現場で働いている間、酔っぱらいたちとの闘いがありました。ロシアもそうでしたが、ウクライナでも、飲んで仕事に来る人がずいぶんいました。工場は多くの人が集まるので、サマゴン〔自宅などで造る密造酒。アルコール40％以上の物も多い〕を売りに来る人たちもいました。

酔って工場で働いては危険ですが、私の前任者たちは、酔っている人を見つけてもせいぜい「今日は帰れ」と言うぐらいだったようです。私の下にいた職長たちも、工員が酔って働いていても目をつぶる。自分たちも飲むからです。

ところが私はほとんど飲みません。酔っている工員を見ると自分の部屋に呼び、叱りつけました。警告して、それでも飲んでくる人は、馘《くび》にしたこともあります。工場内で私の姿を見て、ばれないようにトイレに逃げた人もいました。

どうすれば工場内で酔っぱらいを減らせるかを考え、成果を上げたときに受け取る褒賞金を酔っぱらいから取り上げ、他の工員に分けることにしました。私を恨んだ人も多かったと思います。酔っぱらって私を殴ろうと、椅子を片手に私の部屋に向かう工員を、職長が止めたこともありました。

ある職長はよく酔っていたのですが、彼の妻が工場の経理責任者だったため、私が罰しようとすると、工場長は「やめておけ。部屋で寝かせておけばいい」と言いました。もめるのが嫌だったのでしょう。それでも、その職長が飲み過ぎて床で寝ていた時に、工場長には内緒で、電動運搬車で自宅まで運んでしまいました。彼の妻に伝えると、家に駆けていきましたよ。

仕事を引退してしばらくしてから、市場で、以前、私の下で働いていた兄弟のうち、弟から声をかけられました。「マクシム・ニコラエヴィチ〔著者の通名〕、酒のことで厳しく注意してくれてありがとう」と言います。聞けば、兄は酒の飲み過ぎで亡くなり、弟はそれをきっかけに酒をやめたそうです。なお、椅子を持って私の部屋に向かっていた工員はその後、亡くなったそうです。自宅で、酔った状態でパンを切ろうとして誤って腹を切り、敗血症になったのです。

酒はソ連社会の大きな問題でした。何が原因で、なぜあんなに酒を飲むのか、専門家ではないので私は分かりません。ただ、男性も女性も、幸せだからとかつらいからとか、子どもや友達のためにだとか、なんだかんだと理由を付けては、飲んでいました。きっと今も変わらないでしょう。

1980年代半ば、ロシア・クルスクに出張で行った時、訪ねた工場で、各工員の前にグラスが置いてありました。あれは何かと尋ねると、「ウオッカです。仕事中、100グラム〔ソ連圏ではウオッカの量をグラムで表す〕までは飲んでいいと許可しているので」という答えで、驚くやらあきれるやらでした。

14　三度の軍事訓練　最後は大尉に任命

ソ連には徴兵制があり、18歳以上の男性には兵役義務（1～3年間）がありました。息子のヴィクトルも兵役に就きました。

私の場合、レニングラード工科大学で軍事教練を受けたため、徴兵はされませんでした。男子学生は2～5年次に軍事教練があり、卒業と同時に、軍の肩書では少尉になりました。部隊の弾薬などを確保する担当の技術者です。大学で学んだ製紙技術で、紙の材料となるセルロースから爆発物も作れるからです。

ただ、教練を受けていても、再訓練に呼ばれることがあります。私は計3回行きました。最初は1969年の夏で、ダマンスキー島〔現中国・珍宝島。巻末地図参照〕を巡ってソ連が中国と対立している時期でした〔国境紛争で多数の死者が出た〕。私はポロナイスクの製紙コンビナートで働いていました。

呼び出し状を受け取って徴兵司令部に出頭すると、空挺《くうてい》団で訓練を受けろという。空挺団はパラシュート降下をするので、体重の下限が定められていました。私は56キロくらいしかなかったので、「体重が軽すぎるから向かないのではないか。風でどこかに飛ばされてしまう」と言ったのですが、「じゃあ、れんがを（体に）縛り付けよう」と気にする様子もない。

中ソ国境の都市ブラゴヴェシチェンスク〔巻末地図参照〕郊外の基地に送られ、3カ月の訓練を受けました。ロシア人に加え、外見が中国人に似ている朝鮮人もたくさんいました。紛争が続いたら前線に送るつもりだったのかもしれません。

兵役に就いた頃の息子ヴィクトルと妻。

パラシュート降下の練習、例えば地上2500メートルの高さから飛び降りて着地し、爆破を行ったりしました。計5回降下しました。そのほか、軍事教練で習っていたピストルや自動小銃の射撃訓練ももちろんありました。一度、朝鮮人の男性が、パラシュートがうまく開かず、地面にたたきつけられる事故があり、救急車が運んでいきました。どうなったのかは分かりません。そもそも、訓練について口外することは禁じられていました。その後、彼と会うことはありませんでした。

また、ハバロフスクの大学から来ていたと思いますが、中国語教師のロシア人がいました。どこで酒を手に入れたのか知りませんが、毎日のように酔っていました。それでは降下訓練をさせるわけにいかない。しかし、職業軍人ではないので、軍が罰するわけにもいかず、そのうち、家に帰されたようです。国境紛争はやがて静まり、訓練が終わると私も職場に戻されました。私は、中尉になりました。

次に呼ばれたのは1987年夏。アフガニスタン紛争〔79～89年〕が続いている時期で、私はウクライナ・ジトーミルの自動車スペアパーツ工場で働いていました。この時は3カ月間アルメニアに送られました。アルメニアは3千メートル級の山々もある山岳国。私のように空挺団の訓練を受けた者が送られ、射撃や列車爆破の訓練のほかに、毎日、山によじ登り深い谷へ下ったりという登山技術を学びました。終了後には、登山技術を証明するバッジまでもらいました。

翌88年、３度目の再訓練がありました。全員がウクライナからの召集で、ベラルーシの首都ミンスク郊外で行われました。アフガニスタンへ送るための準備だったようで、召集された２００人から、50人を送ることになっていました。10人ずつ5グループが選ばれ、私を含む１５０人は家に帰され、10日足らずで再訓練は終わりました。そして50歳になった頃、私は大尉に任命されました。

後にジトーミル市内で、一緒にベラルーシでの訓練に参加し、アフガニスタンへ送られた男性と偶然出会い、話しました。戦場では、ある頂を反革命勢力から守れという指令で、ずっと立てこもっていただけだったので、同じ訓練を受けた仲間は全員無事に帰国したそうです。

ところで、送られた50人は全員共産党員だったようです。党員の場合、降伏したり、逃げたりしたら家族や自分が職場で何か嫌な目にあったり、党から追われたりするのではないかと恐れ、非党員よりもよく戦ったのです。指導部はそれを知っていました。結局、戦場で死ぬのが党員だろうが非党員だろうが、指導部は構わなかったのです。

15　荒れた土地耕し、農作業に精出す　自分で建てた「別荘」で

ソ連時代、市執行委員会〔市役所に相当〕は、大きな工場や企業に、農業には不向きな土地を割り当てました。土地は希望する労働者や技術者に配分され、各自がそこにダーチャ〔菜園のある郊外の家〕を建てました。雑草や灌木などが茂った荒れた土地ですから、雑草を抜いたり、土壌改良したりと根気強く畑仕事をしなくてはなりませんし、周囲に塀も建てないと収穫物が盗まれてしまいます。面倒ですから、園芸をしたい、自分で新鮮な果物や野菜を作って食べたいと強く思う人だけが土地を希望しました。

自動車スペアパーツ工場にいた１９８８年、工場に割り当てがあり、私も希望しました。ジトーミルの自宅から25キロ離れた場所で、広さは４５０平方メートル。水やりで苦労しないよう、水場から20メートルの区画を選びました。希望者はあまり多くはなく、空いた区画がたくさんありました。

まず畑作りから始めました。週末は妻の実家に行くことにしていたので、平日、仕事の後に妻と通って、夜まで作業しました。少しずつ雑草を抜いていきましたが、一面雑草だらけで、深く根を張っていたので大変でした。30センチほど地面を掘り返して雑草を取りました。そして土を売りに来る人から黒土をトラック4台分、計60トン買って敷き詰めたので、いい畑になりました。

そして翌年の春、約20平方メートルの小屋を建て始めました。こうして自分で建てる人たちは多かったです。人に頼めば結構お金がかかりますから。建設のため、セメントや砂利、砂などの建設資材を購入しては、乗用車で運びました。ちょうど息子が兵役から戻ってきたので、二人で小屋のコンクリート基礎を流し込み、乾くまでの間に井戸も掘りました。

やがて息子は就職し、あとは時々妻の助けも借りながらほとんど一人で作業しました。大工仕事は翌春までにほぼ終え、夏には建物の内外にしっくいを塗って、この間、離れをれんがで建ててトイレも建てて、2年ちょっとで建設作業を終えました。工科大学で学んだ知識が役立ち、電気工事や溶接も自分でやりました。2、3年後、隣人が自分の区画をとても安く売ってくれたので、敷地は倍になり、畑も広がりました。

ダーチャでは果物も野菜も、いろいろ植えました。リンゴ、梨、プラム、桜、キイチゴ、イチゴ、スグリ、スイカにメロン、そして野菜はジャガイモ、トウモロコシ、キャベツ、ビーツ、パプリカ、トマト、キュウリ、インゲン、カボチャ……。

雑草に気付くと、すぐに抜きました。通りかかる人が「お、日本人の所は雑草がないな、きれいなもんだ」と声をかけてくれました。周囲と比べて、一番雑草がありませんでした。抜いた雑草は集めて堆肥にしたので、私は化学肥料はほとんど使いませんでしたが、いい野菜が取れました。パプリカはとても大きく、カボチャは濃い黄色で甘いのができて、みんな驚いていました。家計も助かり、余れば近所の人に分け、喜ばれました。

毎年、3月半ばには果樹の剪定《せんてい》などのためにダーチャに行き、秋は11月まで通いました。のんびり過ごすのではなく、毎回農作業です。作業せずに皆でダーチャでのんびりするのは年に1回、息子の誕生日だけでした。孫たちが生まれてからはダーチャに連れて行き、子守をしながら作業しました。妻も私も、自然に囲まれたダーチャで過ごすことが好きでした。周囲の森では、果実やキノコ採りも楽しみました。

2キロほど離れた森に、ジトーミル州共産党委員会の第一書記の別荘がありました。湖の近くで、常に警備されていました。そこに向かう道だけがアスファルトで舗装されていて、離れの付いた立派な建物が2棟建っていました。第一書記は、そこに自分の両親を住ませていたようです。

州や市共産党委員会の第一書記やモスクワから来る工場長たちのような党幹部たちにとっての別荘は、私たち庶民のダーチャとは別物でした。多くは都市から近い区画を得て、コテージを建て、農作業ではなく、家族や仲間でくつろぐ場所としていました。

16 ソ連崩壊、混乱した経済 「消えた」預金、給料は現物支給

1985年、ソ連共産党書記長に就いたミハイル・ゴルバチョフは、グラスノスチ（情報公開）と民主化を宣言しました。そして、酒好きが多かったソ連で、「禁酒法」を公布したのです（国民の飲酒量を抑え、依存症患者の増大を防ぐための禁酒キャンペーン）。多くの工場が酒の生産を停止し、店で売る酒類の量は激減しました。何百人という人が酒を求めて店に列をなしました。村々では多くの人が酒を密造するようになり、都会でもガスレンジを使って密造する人が現れました。ゴルバチョフは「レモネード・ジョー」（1964年チェコスロバキア制作のパロディー西部劇の主人公で酒が大嫌いな清涼飲料水セールスマンの名前）と呼ばれていました。

この政策で、酒類販売による国庫収入が激減し、国の経済に悲惨な影響をもたらしました。さらに、計画経済から市場経済への移行を目指したこの時期、経済の混乱は激し

く、生活必需品までが店頭から消えました。食料を求めて長い列ができ、ソーセージや肉、冷蔵庫や家具などの商品は、コネがなければ買えなくなっていました。

一方、91年までに、ホロドモール（400万人超が亡くなったとされるスターリン体制下で起きた大飢饉《ききん》）など、ソ連時代は秘密にされていたウクライナの過去について、たくさんの真実がマスコミによって明らかにされました。同年8月にはウクライナ最高会議がウクライナの独立を宣言し、12月に行われた国民投票で90％以上がソ連からの独立を支持しました。そしてソ連は崩壊し、構成していた15共和国のそれぞれが独立国となりました。

しかし、ソ連の経済は各共和国がロシアに縛り付けられる形で成り立っていました。例えば、私がジトーミルで働いた工場の製品の多くは、完成後は一部品としてロシアの工場に運ばれ、そこで完成品になることが多かったのです。独立後、経済はさらに混乱しました。

さらに、ソ連の全共和国で、一般市民が預金できる銀行は長年「ズベルバンク（ズベルカッサ）」しかありませんでしたが、ちょうどウクライナがソ連から独立する頃、ズベルバンクの全ての預金が「消えて」（下ろせない状態になって）しまいました。もしもの時などに備えて銀行にお金を預けていた人々にはショックでした。普通は会社の給料もズベルバンクの口座に振り込まれていましたし、私もまた3カ月分の給料が口座に入っていました。

92年にウクライナでルーブルは流通を停止しました。96年ごろになってフリブナ〔新しいウクライナの通貨〕に換算された額の載った通帳が新たに渡されましたが、このお金は「凍結」され、受け取ることはできませんでした。人々の手元にあったルーブルは、やはり96年ごろになってようやく2週間に限ってフリブナと交換することができましたが、もう以前の価値ではありませんでした。

ルーブルがなくなり、かといってきちんとしたウクライナの通貨がまだ流通していない頃、工場ではお金の代わりにさまざまな品物で給料を支払いました。食料品や掃除機、自動車関係の物や食器など。私も給料の代わりに巨大なチーズの塊や、大量の砂糖を受け取ったことがあります。チーズは腐るといけないので友人たちに分けました。砂糖は後で売ったのですが、もらうべき給料の額より安かったです。

また、ペレストロイカの頃、店のショーケースはほとんど空になったため、村から野菜や果物、乳製品（牛乳やチーズ、サワークリーム）、豚肉や牛肉、卵を都会に運んできて、市場で売るようになりました。これは今も続いています。

その頃私と妻は、毎週末に妻の実家に通いました。畑を耕す手伝いをしたり、妻の弟のために家を建てたり。時々義父や弟は豚などを殺し、豚肉や鶏肉をくれました。もちろん、私たち自身のダーチャも暮らしの助けになりました。

17　ウクライナ独立後の暮らし　富は一部に、人々は苦しく

　ウクライナが独立国家となった時、皆それを拍手で歓迎しました。ウクライナの暮らしはこれから良くなるだろうと思ったのです。しかし、しばらくすると、以前よりずっと悪くなっていきました。それまで国営だった工場などの私有化が進むにつれて、工場の操業は止まりがちになり、賃金もそれまで通りに支払われなくなりました。つらい時期でした。

　指導者層の暮らしはそれほど変わらなかったのかもしれません。それまで市の共産党幹部だったような人たちは、知らない間に「銀行家」になったりしていて、党のお金は一体どこにいったのだろうと思いました。

　工場長たちも、自分の工場や従業員のために奔走する人はまれでした。私有化の流れの中で彼らがしようとしたのは、工場を自分の物にすることでした。単純に説明します。

国有財産の私有化の過程で、工場の価値を金額化し、その価値を従業員数で割った額面の株券が各従業員に配られました。その後工場長や会計責任者が、工場の資産が無価値だとして計上していきます。例えば、稼働している機械なのに、壊れて動かないので無価値、といった形に書類上はしてしまいます。

そうして、株券の価値が著しく下がった状態にしました。この１９９０年代は、経済が混乱し、時には給料が物で支払われるような時期でした。こういう時期に、多額の現金を持っている会社がどこからか現れ、生活に困っている従業員たちから、はした金で一気に株券を買い取りました。もちろん、工場の経営陣とぐるです。

ウクライナ全土でこういうことが起きました。労働者に何ができるでしょう。私は当時ある工場の生産責任者でしたが、こうして工場が個人の手に渡っていくのを、どうすることもできませんでした。

私が当時働いていた工場は、ドイツ人に買い取られました。彼は安く買った工場に少しずつ投資をして、ウクライナとロシアの関係が悪くなってガス価格が上がっていくのを見越して、それまでのガスに替えて石炭やまき、おがくずや泥炭、植物油生産で出た廃棄物を燃料に使ったボイラーの生産を増やし、大きな利益を上げるようになりました。工場は今も稼働しています。

しかし、私がジトーミルで勤めた他の工場は全て、敷地が売り払われるなどして、今ではなくなってしまいました。2023年6月にウクライナに戻った際に見てきたところ、広い敷地があったある工場の跡には集合住宅が9棟建つ計画があり、既に1棟が完成していました。別の工場跡は、ゲームセンター併設の巨大なスーパーマーケットになっていました。

もちろん、ウクライナ独立後に行われた国有財産の私有化では、多くの人に利益があることもありました。例えば、以前書いたように、ソ連では勤務先の工場が労働者に住宅を提供しましたが、これは国のお金で建設した住宅に「住む権利」が与えられただけで、所有物ではありませんでした。住居の購入はできず、市外に転居するなら、家は市執行委員会に返すことになっていました。それが、ソ連崩壊、ウクライナ独立による国有財産の私有化で、住んでいる住居が、その個人の所有物となりました。

ただ、このころ町にはホームレスが現れ始めました。ソ連時代にはなかったことです。

主に家を失った高齢の人たちでした。金がない時期に高利で銀行から金を借りたために、工場の閉鎖、失業で返済できなくなり、せっかく手に入れた家を失ったのでした。

いずれにせよ、私有化が進むにつれて、うまく立ち回った一部の者が富を得て、一般の人々の暮らしは苦しくなっていきました。独立後、多くの若い人がウクライナから賃金の高い国外に去って行った背景には、こうした不平等な状態があったのです。

18　汚職広がり、物価は上昇　ソ連へのノスタルジーにはくみせず

ペレストロイカから独立までの移行期には、協同組合のような新しい経営が広がりました。そしてソ連を構成するウクライナ共和国から、独立国ウクライナとなり、制度や法律が次々に変わる中で、各地でさまざまな犯罪が頻発しました。治安機関はそれを見て見ぬふりして、問題解決には全て賄賂が必要、ということになってしまいました。判事も、検察も、税関もたくさんの賄賂を取り、あらゆる分野で汚職が広がり、国家予算は一部の人々に横領されました。私がいたジトーミルでも同様の出来事がたくさんありましたが、罪を問われる人はほとんどいませんでした。

一方、経済の自由化が進むとともに、労働者の給料や年金はほとんど上がらないのに、食料品、生活必需品の価格はどんどん上がりました。年金生活者には、特につらい時期でした。ジトーミルではこんなアネクドート〔小話〕がはやりました。

「おばあさんが病気になって診療所に行った。処方箋を持って薬局に行くと、値段は年金の総額と同じ。死んだ方がましだ、とばかりに葬儀社に行って葬儀の費用を尋ねるともっと高い。生きた方が良いと考え直し、薬局に戻ったとさ……」

私自身も実感しましたが、年金額はその後も低いままです。2019年に妻が病気になり、病院で処方された薬を買いに行くと、月の年金額の半分以上にもなりました。

元々ウクライナは、欧州で最も自然に恵まれた国だと思います。天然ガス、石炭、ウラン、さらに豊かな黒土もあります。そしてこれが最も大事ですが、国民は勤勉です。

しかし独立後、私は職場や近所の人と話す際には、ウクライナが自力で国の経済を立て直し、欧州の人々のように暮らすようになるのは無理ではないか、と言いました。長年ウクライナで暮らし、政府や最高会議の仕事ぶり、そして汚職が広がる様子を見てきたからです。私は冗談で、日本のように誠実な人たちが権力を持って正しい政策を行わなくては何も変わらないよ、と言ったものです。

そしてやはりウクライナは、欧州の他の国々に比べて低賃金で年金も少ない国になってしまいました。何百万人という国民がロシアや欧州に出稼ぎに行き、多くがそのままその国に住むようになったのです。

高齢、つまり私の世代には今も、ソ連が崩壊したことを嘆く声があります。医療も教育も無料だったし、高等教育ではみんなが奨学金を受けられた、食料品は不足しがちだったが、安かった、年金生活者はお金をため、子どもを援助することもできた、長く待たねばならなかったが、住居は無料で受け取れた——こうしたことを思い出し、ウクライナの高齢世代でさえ、ノスタルジーに浸っているのです。

ソ連時代にはもちろん、いいことも悪いこともありました。しかし、私はこうしたノスタルジーにはくみしません。若い頃ソ連での生活はつらかったし、ソ連が日本に攻め入って南樺太や千島列島を占拠したから、私たち親子の運命はめちゃくちゃになったんだという思いがいつもありました。そうして長い人生を振り返ると、その時代にも、ソ連という国にも好印象や愛情というものはないのです。

言論の自由はありませんでしたし、商品の種類は少なく、どこにも行列ばかりでした。海外に行くことも事実上できませんでした。人々は指導部が約束したように暮らしが良くなることを信じ、待ちましたが、実現しませんでした。ソ連は好戦的な国でしたし、誰が権力を握るかで多くが決まる国でした。ソ連の後継国であるロシアはこの時代でさえ、口実を作ってウクライナに攻め入り、残酷な戦争を行っているのです。

サハリンではつらい子ども時代を送り、その後、未来の妻と出会ったことが私の人生を変えたということを、忘れたことはありません。ペレストロイカがあり、ウクライナが独立し、そのおかげで私は今祖国にいるのです。古き時代へのノスタルジーは、ソ連というメダルの片面を見ているのに過ぎないのです。

19 ソ連型医療への幻想 「無料」でも、お金はかかる

高齢者がソ連時代にノスタルジーを抱く理由の一つが「無料の医療」です。では、ソ連時代の医療は実際にはどうだったのか、私が住んでいたジトーミルでの様子をお伝えしましょう。

ジトーミル市〔1989年当時の人口は約29万人〕を二つの区域に分け、区域別に一つずつ診療所がありました。そこで診断が付けられない場合などは、患者は市の診療所に送られました。

地区の診療所では、患者はまず、登録係で国内パスポートを見せ、どの医師にかかるのか伝えます。そして診察室の前で順番待ちをします。ただ、登録係の看護師は少なく、その後も受け付けた時間を書いた紙をくれるわけでもないので、いつもたくさんの患者で混み合っています。区域内の各地から大勢の患者がやって来るのに、登録係は1カ所

だけ。医師への順番待ちも長く、診察まで半日以上かかることもしばしばでした。診察室の周りにはベンチが一つあるか、椅子が2、3脚あるかという程度ですから、診察に呼ばれるまで患者は立っているしかありませんでした。その日は診察に呼ばれず、翌日また行かねばならない、ということもよくありました。

診療所への通院では医師の診察に対して支払いをする必要はありませんが、薬を処方されて薬局で買うときにはお金が必要でした。

専門医の判断があったり、救急車で運ばれたりした場合などは、病院での治療になります。病院に入院すると治療も投薬も無料でした。検査やエックス線撮影なども無料でした。ただ、病院の食事はまずく、ほとんど全ての人が、家から食事を持ってきてもらっていました。病院にはシャワーや風呂はありませんでした。

手術や出産の場合には、近親者に頼むなどして500ミリリットルの血液を輸血用に提供する必要がありました。さらに、医師や看護師、介護人へプレゼントやお金を渡さねばなりませんでした。医師へはコニャックかシャンパンを1瓶と箱入りチョコレートかお金を渡しました。医師にとっては、人に見られれば解雇されかねないことでしたから、周囲を気にしながら受け取っていました。お金を渡すときは、米ドルに換算するならば2~10ドル程度でした。

独立後、政府は医療制度の改革を行おうとしました。医療保険〔日本のような国民皆保険〕の導入が議論されてきましたが、今も決まらないままです。保健省は赤字続きで、医療従事者の給料は少なく、多くの人が辞めて海外に行ってしまいました。小さな村では、医師不足で閉鎖される診療所も出てきています。

今も、ウクライナの医療サービスは無料だと言われますが、現実は少し違います。医師の労働に対しては今も国が支払いますが、薬やエックス線撮影、超音波、CTのような検査は有料です。また、病院の医師たちは「袖の下」(ウクライナ語で「ハバール」)を渡さない患者にはほとんど気も留めません。近年は2000フリブナ以上〔米ドルで50ドル以上〕は渡さなくてはなりません。多くの人が受け取る年金の最低月額とほぼ同額です。

「ハバール」の額はソ連時代よりもかなり高額になりました。さらには、封筒に入れて渡すと、少なくはないかと中をちらりと見る医師もいると言います。その上、看護師や介護人にもできる範囲で払いますから、独立後、医者にかかると本当にお金がかかるようになってしまいました。

なお、独立後はいくつか私立の診療所もできました。ただ、とても高いので、一般の人は行きません。

20　ウクライナの医療　はびこる賄賂、知識ない医師多く

日本のような医療保険がないウクライナでは、「慈善基金」と呼ばれるものが各地の医療機関でつくられました。

患者たちを支えたい裕福な人、治療してもらい感謝している人のほか、将来の入院に備えたい人が基金にお金を払います。払っておくと、入院した際、その額に相当する医薬品がその人の治療に使われます。額がオーバーすればまた支払いが必要です。医薬品も含めて物の値段が毎月のように上がっていくため、事前に支払うことは患者にとってもメリットがあります。

もちろん義務ではありませんが、入院すれば、その間何度も振り込みを促されます。私自身も体験しました。

２０１７年５月、ダーチャで働いた翌朝、息苦しく、胸が痛くて目が覚めました。近

所に住む心臓病専門医は「心筋梗塞だ」と言います。救急車が30分ほどで来ましたが、備え付けの心電計が壊れていました。20分ほど待って別の救急車で心電図をとると、やはり心筋梗塞でした。

ジトーミル市立病院に25日ほど入院して治療を受け、この間、息子のヴィクトルが医師の処方に従って医薬品を買って来ました。退院の際、医師には、心臓の3分の1はもう機能していない、来るのがもう少し遅かったら助からなかった――と言われました。毎月心臓の働きを検査し、生涯薬を飲むようになったこともあり、退院後は心臓病科の慈善基金にお金を振り込みました。

19年5月、今度は妻が入院しました。ソファからつえを手に立つ際に転び、足を折ったようでした。大腿骨頸部の骨折で、医師には人工骨への交換を勧められました。人工骨の料金を支払い、妻の言う通りに、麻酔医や外科医に「袖の下」を渡し、担当科の慈善基金にも振り込みました。手術後、執刀医の「全てうまくいった」という言葉にホッとしました。ただ、彼女は壊れて動かないリクライニングベッドに寝かされ、脇には、彼女が支えにして立ち上がるためにつえが置いてありました。ベッドの交換を頼んでも、空きはないというのです。

私は日に2回、食事を持って見舞いに通いました。ある日彼女は、水の入ったコップにストローを入れ、吹いていました。不思議に思い尋ねると、医師に「肺の機能を高めるために」と言われたのだそうです。別のある日、彼女は病院で担当の介護人に「家族に世話してもらえ」と怒鳴られました。心付けを渡していなかったからでしょう。概して、ソ連時代も独立後も、高齢者や病人への接し方はひどいものです。もう十分生きただろう——とでも言いたげですが、いずれ自分たちも同じ目に遭うとは思いもしないのです。

術後1週間が過ぎ、医師が「数日中に退院」と言った翌朝、彼女は息をするのも苦しそうでした。科長が回診中でしたが、近日退院と知ってか、妻のところには来ません。内科医を呼ぶようお願いすると20分ほどで来て、エックス線で撮りました。最初は心臓肥大だと言い、後になって肺炎だと言ってきました。この時既に、心筋梗塞が起きていたのでしょう。

翌朝、なんと妻は意識不明になっており、私はぼうぜんとしました。蘇生室に運ばれたものの手遅れで、入院は最悪の形で終わりました。死因は「心筋梗塞」とありましたが、だとしたら、壊れたベッドでつえを支えに必死に寝起きを繰り返したからでしょう。

その悲しみも癒えない21年、息子のヴィクトルが体調を崩しました。何カ月も原因が分からず、闘病の最後の段階になってようやく、若年性アルツハイマーだと医師に言われました。亡くなった時、まだ52歳でした……。死亡証明書には、両肺が肺炎だったとありました。

残念ながら、能力のない医師が多いのが現実です。社会にはソ連時代から賄賂の根があり、勉強しなくても賄賂を渡せば医大は卒業できます。何度も誤診をしながら、ずっと同じ病院で勤めている医師も多い。ウクライナの医療の大きな問題は、皆保険制度がなく、さまざまな汚職があり、専門知識のある医師も、最新の医療診断機器も少ないことです。患者の命が、どんな医師と出会うか次第だというのはとても残念なことです。

21　ソ連時代の選挙や新聞　見せかけの真実、実際は党に奉仕

ソ連時代の選挙について。

ジトーミルでもソ連各地と同様に選挙がありました。候補者はもちろん全員がソ連共産党員。候補者の経歴が入ったポスターが至る所に掲示され、選挙管理委員会から有権者に投票券が送られます。投票は休日の朝8時から夜8時に行われました。多くの投票所では、早い時間帯には出店が出て、普段は店頭に並ばない食料品などが売られました。早く行けば何か買えましたが、遅ければ売り切れです。

妻は、投票してもしなくても、あらかじめ決められた人が当選するんだからと言ってあまり選挙には行きませんでした。このような人は多かったのに、投票後、ラジオや新聞、テレビでは投票率は93～96%だった、と報じていました。見せかけの選挙だ――と分かっていたので、私自身も投票に行かないことがありました。選挙は、ソ連に住む全ての人々

が、ソ連共産党の選んだ人々を支持していると示すためのプロパガンダに利用されていました。

党や政府が同様に利用したのが「祝日」でした。5月1日のメーデーと11月7日の革命記念日には領袖《りょうしゅう》や党指導部の写真などを掲げたデモ行進が各都市で行われました。学校や工場から集まった学生や労働者が演壇近くで「ウラー（万歳）」と叫んで指導部にあいさつし、ソ連では全てが素晴らしい、人々は党指導部や政府と連帯していると信じ込ませたのでした。

なお、この両日のデモ行進に参加すると報奨金が出ました。工場で勤めていた頃、職場の責任者として、デモ行進で旗や写真、横断幕を誰が持つか割り振り、当日は参加者に報奨金を渡しました。3人で金を出し合ってウオッカを買うと安上がりでした。そこで、多くの人たちは酒を買って隅っこで飲んでいました。きっと、どこの都市でも同様だったと思いますよ。

その当時、一般の人たちが国の政策について議論することはまずありませんでした。至る所に「耳」があり、誰かに密告されれば国家保安委員会〔KGB〕の監視下に入りますし、投獄されかねない。みなそれを恐れていました。ただ、新聞その他のマスコミ報道によって、政府や党の考えは知っていました。

ソ連時代は、みなが新聞や雑誌を購読していました。当時は職場、つまり工場やそれぞれの機関で購読について計画を立てるシステムでした。党組織の上の方から新聞購読計画について話が下りてきます。それぞれの職場にいる党の代表者〔党オルグ〕が、職場の労働者数に応じて、それぞれが2紙以上購読する勘定で指令書を作ります。

その後は、私のような各職場の長が、工員を一人一人呼んで、どの新聞ならば購読するかと話をしなくてはなりませんでした。一般紙の購読料は年間3～9ルーブルほど。ソ連時代、私の記憶では労働者の平均月収が160～170ルーブルでしたから、高くはありません。でも、自分から購読しようという人は少なかったですね。なお、わが家では、「コムソモリスカヤ・プラウダ」「イズヴェスチヤ」の2紙と、「ロマン・ガゼータ」〔文芸誌〕、「ユーヌィ・テフニク」〔若者向け科学技術誌〕を購読していました。

当時は、国内の問題や事故、汚職といったネガティブな面について新聞は報じませんでした。報じたのは、計画達成とか豊作だとか生産現場の模範的な働き手のことだとか、新たな建設だとか良いことだけでした。一方、外国で何か悪いことが起きれば、全ての新聞が書き立てました。新聞は真実のためでなく、イデオロギーのために奉仕していました。

チェルノブイリ原発事故〔1986年4月26日に旧ソ連ウクライナ共和国で発生〕のような大きな事故についても、最初は報じられなかったため、多くの人が5月1日にメーデーに参加しました。私は末の妹の手術の付き添いで5月2日にキエフに行きました。雨が降っていたのを覚えています。この雨は放射性物質を含んでいたはずです。事故について新聞やテレビが報じ始めたのはその数日後でした。この事故で、ジトーミル州も汚染されてしまいました。

チェルノブイリ原発事故は、これまで誰も経験したことのないような大惨事でした。徴兵司令部が兵役義務者などを原発に送り始めたため、ジトーミル市（原発から直線距離で約160キロ）では、「原発で何かが起きたのではないか」といううわさが広まりました。ただ、事故の規模について市内の人々が正確に知ったのは、マスコミの報道が始まってからです。人々の生活は変わりませんでしたが、ホテルや保養施設は、原発30キロ圏内から強制移住となった人々でいっぱいとなりました。ただ、彼らのことをテレビや新聞が報じることはほとんどありませんでした。当初事故処理に当たった多くの人が高線量の被ばくをして、数カ月で数十人が亡くなりました。

ラジオでは、ジトーミル市内で放射能汚染はなく、放射線量はそれまでと変わらないと報じていました。ただ市内からは消防士やトラック、トラクターなどの運転手、化学・

放射線部隊に在籍した予備役など多くの人々が原発の事故処理に駆り出されました。私の職場にもそうした人がいました。市内には、原発の事故処理で亡くなった人を追悼する記念碑が建っています。

原発事故が起きて5年で、ソ連は崩壊しました。

選挙の話に戻ると、独立当初のウクライナではソ連時代のような選挙でしたが、しばらくすると変わってきました。候補者たちがいろいろな公約を口にし始めたのです。生活レベルの改善、給料を上げるとかスポーツ施設を建てるとか。やがて、配給食（軍の演習などで食べる携行食）を無料で配ったり、お金を渡したりして、有権者を買収する候補者も出てきました。

かつては一党しかなかったのに、多くの党が活動を始めました。ウクライナ最高会議（議会）の選挙は、小選挙区と政党のリストによる比例代表の混合選挙システムです。候補者として各党のリストに入るには多額の寄付が必要で、候補者は金持ちばかりです。

独立後のウクライナでは、政治状況がしばしば変わるという状態が長い間続いてきました。6代目大統領のゼレンスキー氏になるまで、どんな人たちが大統領に就き、欧州やロシアとの関係を巡って何をしてきたのか、簡単に書きましょう。

初代大統領は、ウクライナ共和国最高会議議長などを務めたクラフチュク氏で、任期の終わりに、欧州連合（ＥＵ）との提携・協力協定が調印されました。２代目は国内最大の工場の一つで工場長を務めたクチマ氏で、ＮＡＴＯと協力する方針を打ち出しました。３代目のユーシェンコ氏の任期中にソ連時代に起きたホロドモール〔大飢饉《ききん》、67頁参照〕のことが広く知られるようになりました。親西欧主義的な政策を採り、ロシアと対立しました。

４代目のヤヌコヴィチ氏は、ＮＡＴＯ入りも欧州統合の方針も棚上げしましたが、その方針に反対する「マイダン革命」が起き、ロシアに亡命しました。５代目のポロシェンコ氏は再びＮＡＴＯ加盟、欧州統合の方針を採り、ロシアとの友好条約を停止しました。

ＥＵに入りたい、いやＥＵにもＮＡＴＯにも入りたい、いやいやロシアとだけ仲良くしよう……。政治が安定しなかったのは、その時その時の大統領や政府が国の未来について異なる信念を持ち、自分たちの決定が何につながるのかという分析をしていなかっためだと思います。

独立後の三十年で、ウクライナの人々の暮らしはもっとずっと良くなってよかったはずです。大統領と最高会議の議員たち次第でしたが、ペレストロイカ後はずっと、選挙で勝った党の人たちが権力に就いては、自分たちのやり方で新たに始めるということを繰り返してきました。

議員たちはそれぞれに自分のビジネスに忙しく、国の将来をよく考えているようには思えません。ロシアで大きな製菓工場を経営するある政治家は、大統領選挙前に「ロシアでの事業は撤退する」と約束しておきながら、当選しても工場は稼働を続けました。私は、今の政治家たちには期待していません。

１９９１年、ウクライナの人々は国民投票に熱狂しました。ほぼ全ての人が、ロシア（ソ連）から独立し、欧州の国々のように生きられる——と歓喜しましたが、それはまだ実現していません。私もまた、ウクライナ独立に賛成の投票をしました。人々が勤勉で、資源豊かなこの国は、自立した政策で経済を発展させられると信じたのです。

23　終わらぬ戦争と汚職　第二のふるさとの未来、幸せ祈る

私がジトーミルから初めて日本に来たのは、2007年のことです。日本サハリン同胞交流協会（現 日本サハリン協会）のグループの一員として、十日ほどの旅でしたが、東京や札幌を訪問し、お寺でサハリンで亡くなった人たちなどの供養に参加したり、既に日本に戻っていた兄姉妹《きょうだい》たちと会ったりしました。人々が礼儀正しいことや通りがどこもきれいなこと、自然が美しく、さまざまな商品や食料品が豊富にあることなど、多くのことが印象に残りました。

今私は、かつて両親や先祖が暮らし、今では兄妹《きょうだい》が住んでいるこのふるさとに戻ってきたことに、大変満足しています。私が戻ってきたことで、家族が再び一つになれたかのような気持ちもあります。

一方、成長し、働くようになってからの人生の大部分を過ごしたウクライナは、私に

とって第二のふるさとです。ウクライナでも、日本で過ごすのと同様に、人との付き合いで嫌な思いをすることはありませんでした。

誰でもそうでしょうが、自分が住んでいた国、ウクライナの自然や風景が好きです。春が訪れて夏になる数週間の間に、温かな雨が降ってやがて緑に覆われていき、見渡す限り花が咲きます。明るくなりかけた時間帯に森を散策し、キノコを採ることも好きでした。そして、多様な動物の世界。夜が明ける頃から釣りをした穏やかで広い川や湖。晴れ上がった空を飛び、やがて村の家々の屋根や柱の上に巣を作るツルの群れの姿も美しい記憶として心に残っています。

ウクライナと日本での生活の違いを書きましょう。以前、ウクライナ人も日本人も勤勉だと書きました。一方、日本ではどこもきれいで整った印象ですが、ウクライナでは、森でも町中でもどこでもとてもたくさんのごみがあります。残念ながら、紙でも袋でも吸い殻でも、多くの人がポイ捨てするのです。

日本ではお店での接客や医療機関での患者への対応は大変丁寧ですが、ウクライナでは店や施設によっては近年少しは変わってきたとはいえ、まだまだ日本のような接客態度ではありません。ちなみに、私の知る限り、日本のような飲食店や施設などでの高齢者割引はありません。

また、仕事に対する公務員の責任感も、日本とウクライナでは全く違うと感じています。ウクライナからの避難民として旭川に住むようになってから、スーパーで買った物をリュックに入れている間に床に財布を落とし、それを誰かが持って行ってしまったことがありました。財布には、その時持っていたほぼ全てのお金が入っていました。警察に届けると、捜査して、翌月には持って行った人を見つけ出し、お金は戻ってきました。警察に感謝の手紙を書きましたよ。ウクライナだったら、警察に行っても「なくしたのか。まぬけだな」と言われるだけで、届け出も受け付けてくれなかったかもしれません。

さらにウクライナと日本での大きな違いといえば、戦争をしているというのに、徴兵事務所や税関、裁判所から警察まで、多くの公務員が汚職を続けている、ということでしょうか。外国からの人道支援物資さえ盗まれるなど、あらゆる場面で汚職がまん延しています。西欧からもこうした汚職をなくすように求められています。

独立前、ウクライナにはさまざまな資源、そしていろいろな物を作る工場がありました。しかし独立後にこれらはみな私有化されました。高い値段でこうした物を海外から買うことも増え、国の収入は減り、人々の暮らしは貧しくなりました。

戦争の終わりについては、前線では苦戦が続いており、見通せません。戦後の展望を語ることはできませんが、ウクライナの素晴らしい未来というのは、もし戦争が終わったとしても、まだ夢でしかありません。それでも私は、いつか本物の政治家たちが政権に就いて人々が幸せに暮らす日が来ることを信じ、そうなることを期待しています。

24　日本で暮らしはじめて　戦争が終わったら……

日本に住みはじめて2年が過ぎました。ジトーミルから来た当初は避難民として暮らしはじめ、その後、国籍を回復して日本人として住むようになってもう1年以上が過ぎました。もちろん、2年たったから日本の生活に全く慣れた、というわけではありません。日本語での会話はやはり難しいので、ロシア語で話すことが多いです。近くに住む妹とは毎日のように会って話します。他にも、サハリン出身の人とロシア語で話すことが多いです。ただし、私の兄妹《きょうだい》にはいないのですが、ロシア出身者の中には、プーチンを支持する人々が多いことも分かりました。

また、ロシア語を知っている人や、勉強中の人とも話しますね。時々、ロシア語の授業もしていますよ。

ウクライナにいた時は、集合住宅で同じ棟の人たちのことはほとんど知っていました。

隣人たちが来ては手作りのピロシキやケーキをごちそうしてくれたり、頼まれてアイロンやコンセントなど電気製品の修理をしてあげたりすることがありました。日本に来てからは、隣人と行き来することはあまりないですね。

他に不便なこととしては、肺に病気があるので散歩や自転車であまり遠出はできないことです。車がないのはつらいですね。キノコ採りや冬に氷上で釣りをするのも好きなのですが、自分の車で出かけて、自由に自然を楽しむというわけにもいきません。先日、電動自転車を買いました。町中を走ったり、近くでキノコが採れる場所を探したりしようと思います。

時間があるときには、料理を作るのが好きです。店で総菜を買うことはほぼないので、よく自分で料理をします。十年ほど前、妻の足の痛みがひどくなってきた頃から、手伝いを始め、少しずつ料理を覚えました。日本料理はまだ覚えていませんから、今も作るのはウクライナの料理です。牛乳を使ったスープや野菜スープ、ペリメニ、ロールキャベツ、肉じゃが、カツレツ、ピザやボルシチ、いろいろなサラダも作ります。

他には、家庭菜園をしつつ、時々兄妹《きょうだい》と会いに札幌に行ったりして生活を楽しんでいます。

戦争が終わったら、サハリンのポロナイスクにも行って、両親の墓参りもしたいです。そしてもちろん、ウクライナの妻と息子のお墓に行きたいですね。孫やひ孫も向こうで暮らしています。

父母が育ち、私の親戚たちも住んでいる長野県にも、そのうち行ってみたいと思います。

流血の戦争はもう3年目になります。毎日、前線の様子についてインターネットで見ていますが、この殺りくの終わりは見えません。プーチンが生きている間は、続くのかもしれません。自分にこんなことができると見せつけるために、人々の命も金も惜しみなく使っています。ウクライナが領土を早く取り戻し、戦争が終わって平和な日が来ないかといつも気に懸けています。

2011年の一時帰国でサハリン残留日本人の慰霊行事に参加（中央が著者）

25　両親の故郷、安曇野へ

２０２４年８月、私は妹のレイ子と共に、両親が生まれた長野県・安曇野を訪れました。22年に日本に住むことになって以来、両親の故郷を訪れ、親戚たちと会うことはずっと私の夢でした。

私の母は、サハリンで過ごしたその人生の中で、どこに出かけることもできませんでした。１９５３年にポロナイスクに移った後、母は厳しい自然条件の中で、家族十人が食べていくために、野菜作りをしなくてはなりませんでした。父の稼ぎだけでは足りず、両親は何とか家計を切り盛りしていましたから。時間があれば、畑仕事をしていました。ロシア語を習得できず、話すことはできませんでした。母が過ごしたのは、ソヴィエト政権のとてもつらい時代です。そしてやがて文通ができる時が来ると、夜ごとふるさとの長野県・安曇野に住む兄弟姉妹《きょうだい》たちに手紙を書くようになりました。

母が亡くなってから私の兄姉妹《きょうだい》たちは相次いで日本に帰国することができ、兄の信捷、妹の婦美子たちは両親のふるさとを訪れました。母の親族とも対面し、信捷は１０４歳まで生きた母の８歳年上の姉、としとも会っています。

私は何の巡り合わせかウクライナに50年以上住み、今は日本に住んでいます。しかし、母が少女時代と青年期を送った安曇野に行く日が来るなど、思いもしませんでした。旭川市に住むようになって2年以上がたった今、斎藤弘美さんの骨折りで、ようやく夢を実現することができました。

レイ子と一緒に前もってお土産を買い、出発までの日を数えるようにして待ちました。そしてついにその日が来ました。飛行機は無事松本空港に到着し、松本でホテルにチェックインした後に散歩に出ました。有名な松本城を見ましたが、驚くほど美しい建物でした。一生忘れないでしょう。お堀には白鳥が一羽、誇り高く泳いでいました。やがて雷が鳴り、温かな夏の雨が激しく降ってきました。

翌日、朝食を食べて安曇野に向けて出発。車窓からは、ソバ畑やこの地の美しい自然など素晴らしい景色が望めました。

安曇野に入って、母の実家の向かいに車を止めると、母の甥の妻、小川京子さんとその息子の祐治さん、百里子さん夫婦が親しみと思いやりを込めて私たちを迎えてくれました。うれしかった。実家に私たちが行ったことを、母もあの世できっと喜んでいるでしょう。若い頃に母が歩いた通りや、実家の向かいに立つ樹齢百年は超える木を見ました。この木の陰で母は日差しや暑さをしのいだことでしょう。昔からある物静かな通りや築八十年は越えているであろう実家の建物もとても気に入りました。実家では、祐治さんが今も写真館を営んでいます。

祖父の小川豊治の墓と、やはり祖父の降籏栄一が建てた墓にお参りしました。悲しい思いも湧きました。なぜ私は祖父たちにも祖母たちにも会うことができない運命だったのだろう。誰にだって祖父母がいて、孫たちを愛し、かわいがってくれるというのに……。

昼ご飯では、祐治さんが席を取ってくれたそば店で、安曇野の名物だというそばを味わいました。

そして昼食後は私たちのいとこ、大倉和江さん、坪川洋子さんに対面しました。気持ちの良い、そして楽しい姉妹でした。母が彼女たちのお父さん（母の弟）に送った手紙を見せてくれました。父が書いた手紙もありました。父利勝は私たちの知る限り手紙を書くのが好きだったり、サハリンでの生活の感想を書いたりする人ではありませんでしたから、手紙を見せてもらったときは驚きました。若い頃の母が写った写真も、たくさん見せてもらいました。母方の祖父・小川豊治が撮ったとのことでした。

見せてもらった手紙で、母は日本に行って兄弟姉妹《きょうだい》の元を訪ねるのが夢だと書いていましたが、その夢が叶うことはありませんでした。若い頃、母が自分の兄弟姉妹《きょうだい》への手紙に何を書いていたのかは知らなかったし、興味もありませんでした。しかし、両親たちは日本に帰りたかったからこそ、文通が可能になると日本に手紙を書いたのでした。今回の旅で両親の当時の思いを知り、胸がいっぱいになりました。

こうして、両親のふるさとで親戚たちと会ってきました。降籏正、道子さんと話した際には手作りのおまんじゅうを振る舞ってくれて、幼い頃、母が作ってくれたことも思い出しました。安曇野行きは実り多く、楽しい旅でした。両親が生きていたら、一緒に行きたかった。それでも、両親の代わりに私が親戚たちに対面したのだと思っています。

私の心に来た春

降籏英捷

困難と禍い　不幸と悲哀　戦争の惨禍を
行方知れずだった息子が　くぐり抜けて戻った
生を受け　先祖が暮らしたふるさとで
優しく気高い人々が迎えた
行方知れずだった息子の帰郷
彼らの顔は喜びで輝き
新たな生活を　約束と実行で支えた
空色の湖　雪をかぶった頂
地球の息吹を感じる間歇泉《かんけつせん》

霧に包まれた山麓
苦しみ多いこの地の　素晴らしき町の数々
顔も知らぬ人々の厚情を　人生最後の日まで忘れない
頭上に暗雲が立ちこめ　心が不安にさいなまれる
夢の中の天使たちが　かすかな声で彼岸にいざなう
しかし心は現世へともがく
白衣の優しい娘たちが
看病し　心を癒やす
我が身の片割れは見つからないが
子らがそろって手を打ち　暗雲を追い払う
雲からのぞく太陽が微笑み
魂が温まり　心に刺さった氷片が溶ける
ふるさとへの帰還の　喜びをかみ締める

おわりに

そろそろ、私の物語は終わりにしましょう。最後にもう一度、避難民としてウクライナから戻って来た私に手を差し伸べてくれた日本の皆さんに感謝を申し上げます。ポーランドでは日本語がほぼ話せない私たち一行をTBS記者の西村匡史さんが手助けしてくれました。帰国後、北海道旭川市長、市役所職員、市民の皆さんの精神的、物質的な支援のおかげで、この旭川で自立した新しい生活を始めることができました。日本語を学ぶ機会を与えてくれた東川町長、町役場職員、日本語学校の先生方、町民の皆さんにも感謝しています。そして、私が帰国しこちらで暮らし始めたことを報道し、日本の皆さんに伝えてくれた記者の方たちにも、深くお辞儀したいと思います。信濃毎日新聞の編集局長、記者の山口さん、群像社の編集者島田進矢さんにも感謝します。彼らのおかげで、日本の皆さんにソ連とウクライナでの人生の一部を語る幸運に恵まれました。

最後に、日本に戻るに当たって大きな助力をいただき、これまでずっと支えてくれている日本サハリン協会会長の斎藤弘美さん、いつも私に寄り添い、日常生活を助けてくれている妹のレイ子をはじめとする兄妹《きょうだい》の信捷、婦美子、春美、そして自立支援通訳の桃子さんに深く感謝しています。

この本を読んでくださった皆さんの健康とご多幸を祈っています。

敬意を込めて。

降籏英捷

関連地図

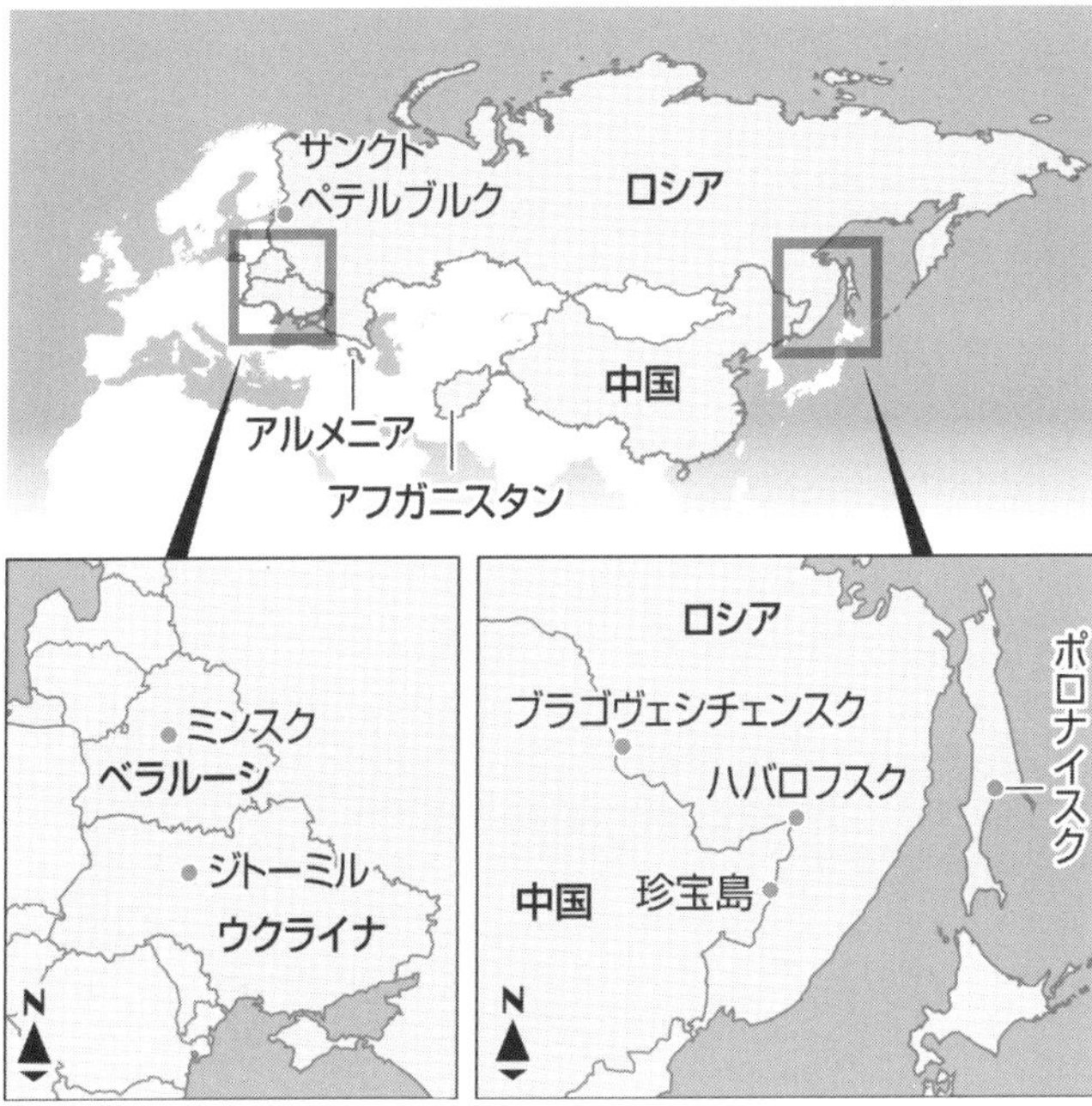
サンクト
ペテルブルク
ロシア
中国
アルメニア
アフガニスタン
ミンスク
ベラルーシ
ジトーミル
ウクライナ
N
ロシア
ブラゴヴェシチェンスク
ハバロフスク
珍宝島
中国
ポロナイスク
N

降籏英捷（ふりはた　ひでかつ）
1943年、南樺太（当時は日本領、現ロシア・サハリン州南部）生まれ。両親は長野県安曇野市出身。1945年8月のソ連による侵攻で日本本土に帰国できなくなり、家族とともに取り残された。その後、進学先のレニングラード（現ロシア・サンクトペテルブルク）で出会ったウクライナ出身の女性と結婚し、ウクライナで2022年まで暮らした。同年3月、ロシアによるウクライナ侵攻を受けて日本に一時避難。同11月に永住帰国を決め、日本国籍が認定された。

山口裕之（やまぐち　ひろゆき）
信濃毎日新聞文化部デスク。東京都出身。早稲田大学で石井ナターリア、高山旭、直川誠蔵の各氏からロシア語を学んだ。1992～93年、モスクワ大学に交換留学。95年に信濃毎日新聞社入社。2001～02年、休職してベラルーシに滞在。チェルノブイリ原発事故被災者への支援活動などを取材してきた。

ユーラシア文庫 21
サハリン、ウクライナ、そして帰郷《ききょう》　ソ連残留日本人の軌跡
2025 年 1 月 23 日　初版第 1 刷発行

著　者　降籏英捷
編訳者　山口裕之

企画編集　ユーラシア研究所

発行人　島田進矢
発行所　株式会社　群 像 社
神奈川県横浜市南区中里 1-9-31　〒 232-0063
電話／ FAX　045-270-5889　郵便振替　00150-4-547777
ホームページ　http://gunzosha.com
E メール　info @ gunzosha.com
印刷・製本　モリモト印刷
カバーデザイン　寺尾眞紀

写真提供：著者
地図作成：信濃毎日新聞

ISBN978-4-910100-40-1

「ユーラシア文庫」の刊行に寄せて

1989年1月、総合的なソ連研究を目的とした民間の研究所としてソビエト研究所が設立されました。当時、ソ連ではペレストロイカと呼ばれる改革が進行中で、日本でも日ソ関係の好転への期待を含め、その動向には大きな関心が寄せられました。しかし、ソ連の建て直しをめざしたペレストロイカは、その解体という結果をもたらすに至りました。

このような状況を受けて、1993年、ソビエト研究所はユーラシア研究所と改称しました。ユーラシア研究所は、主としてロシアをはじめ旧ソ連を構成していた諸国について、研究者の営みと市民とをつなぎながら、冷静でバランスのとれた認識を共有することを目的とした活動を行なっています。そのことこそが、この地域の人びととのあいだの相互理解と草の根の友好の土台をなすものと信じるからです。

このような志をもった研究所の活動の大きな柱のひとつが、2000年に刊行を開始した「ユーラシア・ブックレット」でした。政治・経済・社会・歴史から文化・芸術・スポーツなどにまで及ぶ幅広い分野にわたって、ユーラシア諸国についての信頼できる知識や情報をわかりやすく伝えることをモットーとした「ユーラシア・ブックレット」は、幸い多くの読者からの支持を受けながら、2015年に200号を迎えました。この間、新進の研究者や研究を職業とはしていない市民的書き手を発掘するという役割をもはたしてきました。

ユーラシア研究所は、ブックレットが200号に達したこの機会に、15年の歴史をひとまず閉じ、上記のような精神を受けつぎながら装いを新たにした「ユーラシア文庫」を刊行することにしました。この新シリーズが、ブックレットと同様、ユーラシア地域についての多面的で豊かな認識を日本社会に広める役割をはたすことができますよう、念じています。

ユーラシア研究所